অবলা থেকে উত্তরণ

সম্পাদনা: শাকিল আহমেদ
প্রুফ রিডিং: শাকিল আহমেদ
কভার ডিজাইন: শাকিল আহমেদ
প্রথম প্রকাশ: ডিসেম্বর ২০২৫
প্রকাশক: স্ব-প্রকাশিত
মূল্য: ২৯০ টাকা

যোগাযোগ: www.facebook.com/shakil18
আইএসবিএন (ISBN): 978-984-35-8666-7

AF756201

উৎসর্গ

২০১৭ সালের কথা। বিশ্ববিদ্যালয়ে ভর্তির প্রস্তুতি নিচ্ছি তখন। পদার্থবিজ্ঞান আর উচ্চতর গণিত শেখার জন্য নীরব হাসান ভাইয়ের কাছে প্রাইভেট পড়া শুরু করি। পরিচয় হয় এক কোচিং সেন্টারের মাধ্যমে। সেই সময় আমি ব্লগ লিখতাম। নিজের একটা ছোট্ট ব্লগ ছিল, যেখানে নানা বিষয়ে লিখে ভাবনা প্রকাশ করতাম। প্রাইভেট কোর্সের মাঝামাঝি সময়ে নীরব ভাই আমাদের একটি প্রশ্নব্যাংক বই সাজেস্ট করেন সলভ করার জন্য। প্রশ্নব্যাংক বইটি নীরব ভাই ও তাঁর টিমের নিজস্ব বই ছিল। আমি সেই বই নিয়ে ব্লগে একটি লেখা প্রকাশ করি, আর লিংকটা তাঁকে পাঠাই। পরদিন ক্লাসে ভাইয়া সবার সামনে বলেন,

"শাকিলের লেখার হাত খুব ভালো। তোমরা ভেবো না আমি হাতের লেখার কথা বলছি, ও খুব সুন্দরভাবে লেখে।" সেদিনই আমি নিজের ভেতরের উদীয়মান লেখককে খুঁজে পাই। এই গল্পটি উৎসর্গ করলাম নীরব ভাইকে, যাঁর এক বাক্য আমাকে আমার নিজের লেখকসত্তার সঙ্গে পরিচয় করিয়ে দিয়েছিল।

লেখকের কথা

আমি একা থাকতে ভালোবাসি। শহরের কোলাহল, কংক্রিটের ব্যস্ততা, মানুষের ভিড় এসব থেকে নিজেকে মাঝে মাঝে দূরে সরিয়ে নেই। ভালো লাগে এমন জায়গা, যেখানে পাহাড় ছুঁয়ে দেয় সাগরের নীল জলরেখাকে, যেখানে প্রকৃতি কথা বলে নিঃশব্দে, আর বাতাসে ভেসে বেড়ায় এক অনামা প্রশান্তি। পরিবারের, বন্ধুবান্ধবের স্নেহ মায়া ভালো লাগলেও, মাঝে মাঝে সব কিছু ছেড়ে নিজের ভেতরের মানুষটার সঙ্গে নিরিবিলি সময় কাটাতে ইচ্ছে করে। সেই নির্জনতাই আমাকে লেখালেখির সঙ্গে পরিচয় করিয়ে দিয়েছে।

অবলা থেকে উত্তরণ লেখা শুরু করেছিলাম ২০১৮ সালে, যখন আমি বিশ্ববিদ্যালয়ের প্রথম সেমিস্টারের শিক্ষার্থী। কেবল কয়েকটি অনুচ্ছেদ লিখেই থেমে যেতে হয়েছিল। সময়, জীবন আর ব্যস্ততা আমাকে গল্প থেকে সরিয়ে নিয়েছিল দীর্ঘ পাঁচ বছরের জন্য। কিন্তু মায়া ছিল আমার ভেতরে, নিঃশব্দে বেঁচে থাকা এক অনুভূতির মতো। তাই আবার কলম ধরি, ফিরে আসি সেই কল্পনার জগতে।

এটাই আমার লেখা প্রথম উপন্যাস, যেখানে বাস্তবতা, কল্পনা আর আবেগ একসাথে মিশে আছে। এই গল্প পাঠকদের মনে কিছুটা প্রশান্তি, কিছুটা প্রশ্ন, আর কিছুটা মায়া জাগিয়ে তুললে, তবেই আমার লেখা সার্থক হবে।

উপন্যাসের চরিত্র, স্থান, কাল ও ঘটনা সম্পূর্ণ কাল্পনিক। বাস্তবের সঙ্গে যেকোনো মিল কেবল দৈবসাম্য।

— শাকিল আহমেদ

ভূমিকা

আপনার জীবন কি অদৃশ্য এক সীমারেখায় বাঁধা? আপনার কি মনে হয়, সমাজ বা পরিস্থিতি আপনার স্বপ্নের ডানা ভেঙে দিতে চাইছে ঠিক তখনই, যখন আপনি উড়তে প্রস্তুত? যদি উত্তর 'হ্যাঁ' হয়, তবে আপনার জন্যই লেখা হয়েছে এই গল্প– অবলা থেকে উত্তরণ।

প্রতিটি জীবনেরই একটি অধ্যায় থাকে যেখানে মানুষ নিজের অদৃশ্য সীমারেখার সঙ্গে লড়ে বেড়ে ওঠে। এই গল্পের মূল চরিত্র মায়া, গ্রামের এক সাধারণ মেয়ে, যাকে জীবন একের পর এক বাধার মধ্যে টেনে নিয়ে যায়। ছোটবেলায় তার জীবন ছিল নিরীহ, স্বপ্নময় এবং পরিবারের স্নেহময় স্পর্শে ভরা। কিন্তু গ্রামের রীতিনীতি ও সীমাবদ্ধতাগুলো তাকে বারবার মনে করিয়ে দেয় মেয়েদের স্বাধীনতা সবসময় সীমিত। মায়ার হৃদয়ে জন্ম নেয় নিজেকে খুঁজে পাওয়ার, স্বাধীন হওয়ার, এবং নিজের স্বপ্নগুলো বাস্তবায়ন করার এক অদম্য ইচ্ছা। সেই ইচ্ছের সিঁড়ি বেয়ে স্বামী-সংসারের গণ্ডি পেরিয়ে মায়া পারি জমায় গ্রাম থেকে শহরে। মায়ার শহরে যাত্রা শুধু স্থানান্তর নয়, বরং আত্মপরিচয় খোঁজার এক অভিযাত্রা। শহরের নতুন আলো, নতুন মানুষ, নতুন চ্যালেঞ্জ সবই তাকে পাল্টে দিতে শুরু করে। মায়া ভুলে যেতে থাকে তার ফেলে আসা শৈশব, সোনালি অতীত আর গ্রামের গুছানো সংসার জীবন। এই শহর তার জন্য হয়ে ওঠে এক রহস্যময় রঙিন পর্দা, যেখানে প্রতিটি দিন নতুন অভিজ্ঞতা আর অজানা উপলব্ধির মুখোমুখি করে তাকে। শহরে এসে সে শিখে জীবনের স্বপ্ন পূরণের জন্য শুধু সাহসই যথেষ্ট নয়, কৌশল, অধ্যবসায়, এবং নিজের সীমা চেনে চলাও প্রয়োজন।

"অবলা থেকে উত্তরণ" সেসব মেয়েদের গল্প যারা নিজেদের সীমাবদ্ধতা অতিক্রম করতে চেয়েছেন, যারা জীবনের প্রতিটি বাধাকে শক্তি হিসেবে গ্রহণ করেছেন। এই গল্প একই সাথে এক অনুপ্রেরণার বার্তা এবং সীমাবদ্ধতা ছাড়িয়ে দূরন্ত পথচলার ভয়াবহতার উদাহরণ। গল্পটি আমাদের স্মরণ করিয়ে দেয়, কখনও কখনও হতাশা এবং ব্যর্থতা নতুন সম্ভাবনার জন্ম দেয়, আবার প্রেম, ভালোবাসা কিংবা মোহ কিভাবে মুহূর্তেই সব সম্ভাবনা ধ্বংস করে দেয়। এটি আমাদের শেখায় স্বাধীনতা অর্জন করার পথে অবিশ্বাস্য চ্যালেঞ্জ ও হতাশার মুখোমুখি হতে হয়। যে পথ থেকে দূরে রাখতে হয় প্রেম, ভালোবাসা, মায়া, আবেগ ও অনুভূতি। মায়ার জীবন আমাদের শেখায়, স্বপ্ন ও বাস্তবতা কখনো একই সরলরেখায় চলে না।

মায়ার সাহস, তার সংকল্প, এবং তার আবেগের গভীরতা পাঠককে নিজস্ব জীবনের প্রতিচ্ছবি দেখতে সাহায্য করবে। গ্রামের শান্ত-সরল জীবন থেকে শহরের দ্রুতগামী আধুনিকতা, তার সঙ্গে থ্রিলার, গোয়েন্দাগিরি আর মানুষের মনস্তত্ত্বের জটিলতা সব মিলিয়ে এই গল্পকে করেছে আরও জীবন্ত ও গভীর। মায়ার সাহস, ইচ্ছেশক্তি, সম্পর্ক, বন্ধুত্ব, প্রেম এবং পারিবারিক চাপ সব মিলিয়ে এটি একটি পূর্ণাঙ্গ

অভিজ্ঞতা যা পাঠককে শেষ পর্যন্ত বইয়ের সঙ্গে যুক্ত রাখবে আমার বিশ্বাস। পাঠক যখন এই বইয়ের পাতা উল্টাবে, তখন তারা শুধু মায়ার গল্পই পড়বে না; তারা পড়বে নিজস্ব জীবনের লড়াই, নিজের অদম্য ইচ্ছা, এবং নিজেদের উত্তরণের গল্প। গল্পের শেষদিকে আছে সেই মিষ্টি ও কড়া বাস্তবতার সংমিশ্রণ যা জীবনের কঠিন বাস্তবতাকে মায়ার সাহসের সঙ্গে তুলনা করে গল্পটিকে এক অনুপ্রেরণামূলক সাহিত্যকর্মে রূপান্তরিত করে।

১

প্রতিদিন ভোরের প্রথম আলো ফোটার আগেই মায়ার দিন শুরু হয়। একটা ঘুমঘুম প্রহরকে কানে কানে ডেকে তুলে টিনের চালে বৃষ্টির মতো টুপটাপ পড়ে থাকা দায়িত্বগুলো। উঠানের এক কোণে, টিউবওয়েলের নিচে রাখা থালা-বাটিগুলোতে যখন রাতের ছায়া লেগে থাকে, মায়া তখন ধীরে ধীরে সে ছায়া ধুয়ে ফেলতে থাকে তার মলিন হাতে। বাবা যখন ঝালমুড়ির ভ্যান সাজাতে থাকে, মায়া তখন ব্যস্ত হয়ে পড়ে ঝালমুড়ির ঠোঙা বানাতে। যেন ওই ঠোঙার ভেতরেই লুকিয়ে আছে তাদের সংসারের একমুঠো স্বপ্ন। তারপর যখন ব্যাগ কাঁধে তুলে নেয়, পেছনে পড়ে থাকে না কোনো অভিযোগ, কেবল নিঃশব্দে পা ফেলে সে হেঁটে চলে স্কুলের দিকে। দিনশেষে তার ফিরে আসা হয় ক্লান্ত পায়ে, তবে নিভে যাওয়া চোখ নিয়ে নয়। সন্ধ্যার আবছা আলোয় ঘরের এক কোণে পড়ে থাকা ছোট্ট পড়ার টেবিলটা হয়ে উঠে তার নিজের পৃথিবী। সেখানেই সে খুঁজে পায় নিজস্ব একটি ভাষা, যেখানে লেখা থাকে আশা, প্রতিজ্ঞা আর প্রতিদিন একটু একটু করে বড় হয়ে ওঠার গল্প। ক্লান্ত শরীরের শেষ শক্তিটুকু দিয়ে সে বইয়ের পাতা উল্টায়, কারণ সে জানে, এই পৃষ্ঠা উল্টালেই একদিন খুলে যাবে জীবনের নতুন এক অধ্যায়, যেখানে তার জন্য অপেক্ষা করছে আলো, স্বপ্ন আর মুক্তির বিস্তৃত আকাশ।

কলেজের মূল ফটকে প্রতিদিন ঝালমুড়ি বিক্রি করে জীবিকা চালানো পরিবারের মেয়ে মায়া আজ কলেজে উঠেছে। যে হাত একদিন বাবার ভ্যানে ঝালমুড়ির ঠোঙা ধরতে শিখেছিল, সেই হাতে আজ খাতা-কলম ধরে কলেজের ক্লাসরুমের দিকে এগিয়ে যাবে মায়া। কাঠের বেঞ্চের গায়ে আজ তার হাত ছোঁবে, ব্ল্যাকবোর্ডে স্যারের লেখায় তার চোখ আটকে যাবে, আর বুকভরে নিঃশ্বাস নিয়ে সে বলবে, "আমি পারি, আমিও একদিন পারব।"

এ আনন্দ শুধু মায়ার নয়। মায়া, তার পরিবার, এমনকি গোটা গ্রামের। যে গ্রামে আজও মেয়েদের স্বপ্ন রান্নাঘর আর উঠানের মধ্যেই বেঁধে রাখা হয়। সেখান থেকে প্রথম আলোর রেখা হয়ে উঠে এসেছে মায়া। তার কলেজে ওঠার খবরে আজ জেগে উঠেছে গোটা গ্রাম। সবাই তাকে দেখতে এসেছে ঠিক যেভাবে নতুন বউকে দেখতে আসে। ছোট ছোট চোখগুলো জ্বলজ্বল করে তাকিয়ে থাকে তার দিকে যেন তারা মায়ার মধ্যে আজ পুরো গ্রামের ভবিষ্যতের প্রতিচ্ছবি দেখছে।

মায়ার চোখে কলেজ জীবন হয়তো সাফল্যের প্রথম সিঁড়ি, কিন্তু তার বাবার কাছে এটাই সব। তিনি জানেন না, কলেজের পর বিশ্ববিদ্যালয় আছে, উচ্চশিক্ষা আছে, আছে এক বিশাল জগৎ। তবে তিনি জানেন, তার মেয়ে আজ গেটের ভেতরে ঢুকেছে। যেখানে তার পা পড়েনি, সেখানে তার মেয়ের পায়ের চিহ্ন পড়েছে। এটাই তার জীবনের সবচেয়ে বড় প্রাপ্তি। এ যেন শুধু এক শিক্ষার্থীর প্রথম দিনের গল্প নয়। এ এক বঞ্চিত জীবনের স্বপ্ন দেখা, সাহস করে তা ছুঁয়ে ফেলার মুহূর্ত। মায়া আজ শুধু

কলেজে নয়, সে উঠেছে আলোর এক পাহাড়ি পথে, যেখানে প্রতিটি ধাপ নতুন করে লিখে যাবে হাজারো মেয়ের স্বপ্ন।

আজ মায়ার জীবনে এক নতুন অধ্যায়ের সূচনা। কলেজের প্রথম দিন, প্রথম ক্লাস। ভোরের আলো ঠিক মতো ছড়িয়ে পড়েনি, তবুও তার চোখে-মুখে একরকম দীপ্তি, উত্তেজনার আলো। ঘুম থেকে উঠেই গায়ে জড়ালো নতুন ইউনিফর্ম, যেন নিজেকে নতুন এক পরিচয়ে আবিষ্কার করেছে। ধীরে ধীরে আয়নার সামনে গিয়ে দাঁড়ালো সে। নিস্তব্ধ ঘরটিতে কেবল তার নিঃশ্বাস আর আয়নার নীরবতা।

নিজেকে প্রশ্ন করলো চোখে-মুখে একরকম কৌতূহল নিয়ে, "আচ্ছা, আমাকে কেমন লাগছে? চুলগুলো ঠিকঠাক গোঁছানো হয়েছে তো? বেণীটা একপাশে বেঁকে গেল না তো? কপালের টিপটা ঠিক মাঝখানে পড়েছে তো?" একে একে সব প্রশ্নের উত্তর নিজেই দিচ্ছে সে। আয়নার প্রতিবিম্ব যেন আজ মুখ খুলেছে, যেন অন্য এক মায়া তার দিকে তাকিয়ে হাসছে, চোখে চোখ রেখে বলছে, "তুমি বড় হয়ে গেছো।" আজ মায়া প্রথমবার নিজেকে অনুভব করলো একজন যুবতী হিসেবে। ১৬ বছরের এক নতুন পৃথিবী তার জন্য অপেক্ষা করছে। আয়নার সেই প্রতিবিম্ব যেন আজ বাস্তবের গণ্ডি পেরিয়ে তার সত্তার গভীরে ঢুকে একান্তে বলে যায়, "চলো, আজ আমরা শুরু করি এক নতুন গল্প।"

মায়া চুপচাপ মাথা নাড়ে। আয়নার দিকে তাকিয়ে একবার হাসে। সময় হয়েছে বেরিয়ে পড়ার। জীবনের প্রথম কলেজ, ক্লাস, বন্ধু ডাকছে তাকে।

ভাবনার রেশ কাটার আগেই ঘড়ির কাঁটা ছয়টা পেরিয়ে গেল। হাতে সময় কম, এখনই বের হতে হবে। যেতে হবে অনেকটা পথ। আঁকাবাঁকা গ্রামের মাটির রাস্তা। নেই কোন রিকশা, নেই কোন চাকা ঘোরার শব্দ। নিজের পা ই এই পথের একমাত্র বাহন। মায়া হেঁটে চলছে, প্রতি কদমেই সে অগ্রসর হচ্ছে সভ্যতার নগরীর দিকে। মায়া বার বার তার পদচিহ্নের দিকে তাকিয়ে ভাবছে, আমি আবার ফিরব, আমি এই পথেই ফিরব। তবে আর মায়া হয়ে নয়, আমি ফিরব শিকল ভাঙা এক অপ্রতিরোধ্য নারী হয়ে। আমাকে ফিরতেই হবে তবে আমার জন্য নয়, আমার গ্রামের সেই কিশোরীদের জন্য, আমার চোখের সামনে এ সমাজ যাদের শিকল বেঁধে তাদের দুরন্ত পথচলার ডানা ভেঙে দিয়েছে। আমাকে ফিরতেই হবে।

প্রায় এক ঘণ্টা হাঁটার পর কলেজে এসে পৌঁছায় মায়া। শিক্ষার্থী হিসেবে আজ কলেজে তার প্রথম পদচারণ। বিশাল আকারের সবুজ মাঠ। মাঠের চারপাশ রেইনট্রি দিয়ে ঘেরা। রেইন্ট্রির পেছনে উঁকি দিয়ে দাঁড়িয়ে আছে বিজ্ঞান, বাণিজ্য ও কলা বিভাগের তিনটি চারতলা ভবন। মায়া পা ফেলছে সবুজ ঘাসে। আজ সবুজ ঘাসও বলছে, "তুমি সামনে বাড়ো, তোমার পদচারণ আমায় ধন্য করুক। আমি হাজার বছর তোমার অপেক্ষায় ছিলাম।"

মায়া ধীরে ধীরে সামনে এগিয়ে যাচ্ছে মাঠের ভেতর দিয়ে। হঠাৎ সে খেয়াল করলো, চারপাশে কেউ নেই। সবকিছু একদম নিস্তব্ধ। মাঠজুড়ে ছড়িয়ে আছে নির্জনতা। বোঝার বাকি রইলো না সে আজ প্রথম ক্লাসেই দেরি করে ফেলেছে। কলেজ

জীবনের প্রথম ক্লাস নাকি সারাজীবনের স্মৃতি হয়ে থাকে। সেটাকে মিস করা চলবে না। তাই মায়া তাড়াহুড়ো করে দৌড়াতে শুরু করে অজানা এক ভবনের দিকে।

ভবনের প্রবেশদ্বারেই দেখা হয় এক স্বেচ্ছাসেবকের সাথে। মায়া একটু কাঁপা গলায় জিজ্ঞেস করলো, "ইন্টার ফার্স্ট ইয়ারের ক্লাসরুম কোন দিকে?"

সে হাসিমুখে বলল, "২০৩ নাম্বার রুমে চলে যান।"

মায়া দেরি না করে ছুটে চলে ২০৩ নাম্বার রুমের দিকে। পুরো ক্লাস কানায় কানায় ভরা। সামনের বেঞ্চে বসার সুযোগ আর নেই। তবুও মায়া খুশি। অন্তত সে প্রথম ক্লাসটা মিস করেনি। আজই তার জীবনে প্রথম পেছনের বেঞ্চে বসা। স্কুলজীবনে পেছনের বেঞ্চ তো দূরের কথা কখনো দ্বিতীয় বেঞ্চেও বসা হয়নি। যদি দেরি হতো সহপাঠীরাই তার জন্য সামনের বেঞ্চে জায়গা রাখত। ক্লাসের ফার্স্ট গার্ল হলে এই একটা সুবিধা পাওয়া যায়।

মায়া দেখতে ভয়ংকর সুন্দরী, যেন আকাশে ঝুলে থাকা এক অপূর্ণ চাঁদ, ঝলমলে নয়, তবে গভীর। তার চোখ দুটি জলাভূমির মতো নিস্তরঙ্গ, যেখানে একবার তাকালে হারিয়ে যেতে হয়। গায়ের রঙ পাকা শরের মতো উজ্জ্বল নয়, কিন্তু নরম আলোয় মেশানো মেঘের মতো কোমল। তার চুল, যেন পাকা শীতের রাতে পোড়া উনুনের ধোঁয়া। হাঁটার ছন্দে লুকানো থাকে একধরনের কবিতা, আর হাসিতে খেলে যায় গোধূলির লাজুক রঙ। সে যেন প্রকৃতির অবহেলায় গড়ে উঠা কোনো ভুল, অথচ সেই ভুলটিই সৃষ্টির সবচেয়ে সুন্দর সত্য।

মায়ার চোখের দিকে যে একবার তাকায়, সে আর ফিরে না, ডুবে যায় এক অদ্ভুত মোহে। কলেজের প্রায় প্রতিটি ছেলেই তার জন্য বুকের কোণে একটুখানি জায়গা রাখে, কারও মনে তা কবিতার মতো গোপন, কারও মনে যেন দুঃসাহসী এক প্রেমপত্র। কেউ কেউ সেই সাহস সঞ্চয় করে প্রেম নিবেদনও করেছে। কিন্তু মায়া কারো প্রস্তাবে রাজি হওয়া তো দূরের কথা সে কারো দিকে ফিরেও তাকায় না। এজন্য ক্লাসের সব ছেলেরা মায়াকে অহংকারী দাম্ভিক মেয়ে হিসেবেই চেনে। সবাই ভাবে সৌন্দর্যের অহংকারেই সে নিঃসঙ্গ রাজত্ব কায়েম করে রেখেছে। অথচ এই দূরত্বই যেন তাকে আরও রহস্যময়, আরও আকর্ষণীয় করে তুলে সবার কাছে। মায়ার প্রতি ছেলেদের দুর্বলতা এতটাই প্রবল যে, অন্য মেয়েদের চোখে সে হয়ে ওঠে এক ঈর্ষার প্রতিমূর্তি। তারা ভাবে, মায়ার উপস্থিতি যেন তাদের পৃথিবীটাকে আঁধার করে দিয়েছে। কারণ, মায়ার চোখের টানে ছেলেরা আর কাউকে দেখেই না। যেখানে প্রতিটি মেয়ে চায় সে হোক কারো দৃষ্টি আর মুগ্ধতার কেন্দ্র। সেখানে মায়া নিঃশব্দে, নিঃস্পৃহভাবে সব আলো টেনে নিচ্ছে নিজের দিকে।

কলেজের দিনগুলো মায়ার জীবনে এক নতুন বসন্ত নিয়ে আসে। প্রতিটি সকাল কাটে রঙিন, প্রতিটি ক্লাস হয়ে উঠে এক নতুন শুরুর গল্প। বন্ধুদের হাসি, করিডোরের কোলাহল, আর চুপিচুপি জমে ওঠা স্মৃতিগুলো সব মিলিয়ে এক অনাবিল আনন্দের দিন শুরু হয় মায়ার। দেখতে দেখতে চোখের পলকে কেটে যায় এক মাস।

অথচ সময়টা কত সুন্দর ছিল, সেটা বুঝতে পারা যায় ঠিক তখনই, যখন সে সময়টা পিছনে পড়ে যায়।

গ্রামের নিম্ন মধ্যবিত্ত পরিবারে বেড়ে উঠে মায়া। তিন বোনের মাঝে সে সবার বড়। একবেলা ভাত খেলে আরেকবেলা না খেয়েই কাটাতে হয়েছে শৈশবের অনেকটা সময়। জীবনের প্রতিটি দিন তাকে শিখিয়েছে অর্থহীন জীবন কতটা অসহায়, কতটা অনির্ভর। অভাবের সংসারে যেখানে দুবেলা পেট ভরে খাওয়াটাই তাদের কাছে আকাশচুম্বী চিন্তাভাবনার মতো সেখানে মায়াকে কলেজ অবধি নিয়ে আসা তার বাবার কাছে হিমালয় জয়ের থেকে কোন অংশে কম ছিল না। তাদের বাবার স্বপ্ন তার তিন কন্যাই একদিন কলেজে যাবে, শিক্ষিত হবে, নিজের পায়ে দাঁড়াবে। মায়ার পথচলা ছিল সেই স্বপ্নের প্রথম ধাপ।

কিন্তু বাস্তব বড় নির্মম। স্বপ্নকে ধারণ করার মতো সামর্থ্য তাদের ছিল না। তাই একদিন সে চুপচাপ সিদ্ধান্ত নেয়, মায়া যেখানে পৌঁছেছে সেখানেই থামবে তার যাত্রা। বাকি দুই কন্যার ভবিষ্যতের দায়িত্ব এখন তার কাছে প্রাধান্য পাবে। মায়ার পথচলা থেমে যাবে, কিন্তু সেই থেমে যাওয়া হয়তো এক নতুন সম্ভাবনার দরজা খুলে দেবে তার ছোট দুই বোনের জন্য।

ভালো সময় বড় ছলনাময়, দ্রুত চলে যায়, কিন্তু হৃদয়ে রয়ে যায় দীর্ঘদিনের জন্য। জীবনের এই সময়ে এসে মায়া বুঝতে পারে, "Life is not a bed of roses" প্রবাদটির গভীরতা।

এদিকে মায়ার পড়াশোনা থেমে যাওয়ার দ্বারপ্রান্তে। যেন হঠাৎই জীবনের সব আলো নিভে যেতে বসেছে। তবে অর্থই কি হবে তার স্বপ্নচ্যুতির কারণ? এই প্রশ্নে তার বুকের ভেতর জমে ওঠে এক চাপা কষ্ট। আয়নার সামনে দাঁড়িয়ে সে নিজের চোখে চোখ রাখে, এক নির্বাক কথোপকথন শুরু হয় নিজের সঙ্গে।

সে ফিসফিস করে বলে, "মানুষ কেন গরিব হয়? সবাই কেন সম্ভ্রান্ত আর ধনী পরিবারে জন্মায় না? শুধুই কি অর্থের জোরে হয় শিক্ষা? তবে কি গরিবদের জ্ঞান আহরণের অধিকার নেই?"

প্রশ্নগুলোর কোনো উত্তর খুঁজে পায় না সে, কিন্তু প্রতিটি প্রশ্ন যেন তার বুকের গভীরে ছড়িয়ে দিচ্ছে আগুনের ফুলকি। এসব ভাবতে ভাবতে তার মাঝে ধনী হবার তীব্র ইচ্ছা তৈরি হয়। নিম্ন মধ্যবিত্ত পরিবারে বেড়ে উঠা মায়াও স্বপ্ন দেখা শুরু করে সেও একদিন সমাজের প্রতিবন্ধকতাকে বুড়ো আঙুল দেখিয়ে সুশিক্ষিত হয়ে সমাজের সম্ভ্রান্তদের কেও হবে। একদিন সে সমাজের এই ধনী গরিবের শ্রেণিবিন্যাসকে ভেঙে দেবে। সেই স্বপ্ন পূরণ করার উচ্চাকাঙ্ক্ষাই তার মাঝে জ্ঞান আহরণের এক অদম্য আগ্রহের সৃষ্টি করে। শিক্ষা তার কাছে হয়ে ওঠে অস্ত্র, আর স্বপ্ন তার কাছে হয়ে উঠে এক চূড়ান্ত যুদ্ধের মানচিত্র। কারণ মায়া বিশ্বাস করে, সে জিতবে, হেরে যাবার জন্য তার জন্মই হয় নি।

এদিকে মায়ার বাবার এখন একটাই লক্ষ্য, যেভাবেই হোক মায়াকে দ্রুত বিয়ে দেওয়া। তার চোখে মেয়ের পড়াশোনার চেয়ে বিয়েটাই বড়, কারণ সংসারের সীমানা

পেরিয়ে মেয়েদের নাকি উড়তে নেই। কিন্তু মায়া জানে, একবার যদি বিয়ের চৌকাঠে পা পড়ে, তবে আর ফিরে যাওয়া হবে না সেই আলোর পথে, যেখানে বইয়ের পাতায় সে খুঁজে পেত মুক্তির পথ। তার স্বপ্নগুলো, যে স্বপ্নে সে নিজেকে দেখেছে আত্মমর্যাদায় ভরা এক সত্তা হিসেবে, সেই স্বপ্ন অকালেই ঝরে যাবে।

তাই মায়া সিদ্ধান্ত নেয়, এ বিয়ে সে হতে দেবে না। দরকার হলে সে একাই লড়বে। সময়কে, সমাজকে, এমনকি নিজের বাবাকেও প্রশ্ন ছুঁড়ে দেবে। কারণ সে জানে, নারীর ভবিষ্যৎ কেবল সংসারের চৌহদ্দিতে নয়, তারও অধিকার আছে আকাশ ছোঁয়ার, নিজের স্বপ্নগুলোকে বাস্তব রূপ দেওয়ার।

যে মায়া একসময় বইয়ের পাতায় মুখ গুঁজে থাকা চুপচাপ এক আতেল মেয়ে ছিল, সে-ই আজ কলেজে এসে সবার সঙ্গে নিজ থেকে কথা বলতে চাইছে। হাসছে, মিশছে, প্রাণ খুলে গল্প করছে। ক্লাসের সবার কাছে এ এক অচেনা মায়া। হিংসুটে, অহংকারী বলে যে মেয়েটিকে সবাই দূর থেকে চিনতো, সে কেমন করে একদিনেই এতটা বদলে গেল? সবাই অবাক হয়ে প্রশ্ন করে,

“হঠাৎ এমন হলে কিভাবে? তুমি তো এমন ছিলে না!”

মায়া অনেক কিছু বলতে চায়, কিন্তু মুখ খুললেই শব্দগুলো আটকে যায় গলায়। তার চোখে কান্না, মুখে আতঙ্ক। একসময় সবার দিকে তাকিয়ে বলে উঠে,

“হয়তো তোমাদের সাথে আর দেখা হবে না...”

এই কথার পর বেঞ্চে মাথা গুঁজে হু হু করে কেঁদে ওঠে মায়া। তার এমন কান্না দেখে চারপাশে ছড়িয়ে পড়ে কৌতূহল। কী এমন হলো? মায়া কি প্রেমে ধোঁকা খেয়েছে, নাকি বাড়িতে কোন সমস্যা হয়েছে। শেষ পর্যন্ত মায়া মুখ খুলে। জানায়, তার বাবা তাকে জোর করে বিয়ে দিতে চাইছে। বলেছে, তার পড়াশোনার খরচ চালানোর সামর্থ্য নেই।

মায়ার কথা শুনে স্তব্ধ হয়ে যায় পুরো ক্লাস। ক্লাসের ফার্স্ট গার্ল? তার বিয়ে হয়ে যাবে? যে মেয়ে শিক্ষকদের মুখে গর্বের দীপ্তি ছড়ায়, যে একদিন কলেজের নাম দেশের পাতায় তুলে ধরবে, সেই মেয়ের জীবনের গল্প কি এত সহজেই বিয়ের চৌকাঠে এসে থেমে যাবে? মায়ার সব সহপাঠীরা বলে, “তুমি বিষয়টা ম্যাডামকে জানাও, সব ঠিক হয়ে যাবে। আমরা সবাই তোমার পাশে আছি।”

মায়া প্রথমে দ্বিধায় পড়ে যায়, কিন্তু তারপর সাহস করে চোখের জলে ভেজা কণ্ঠে নিজের যন্ত্রণার রুদ্ধ কাহিনি খুলে বলে তার ম্যাডামকে। ম্যাডাম চুপচাপ শুনেন, তারপর মায়াকে বুকে টেনে নিয়ে বলেন, "ভয় পেও না মা, তুমি একা নও, আমি আছি তোমার সাথে। আমি নিজে গিয়ে কথা বলব তোমার বাবার সঙ্গে। প্রয়োজনে তোমার পড়ার সমস্ত খরচ আমি একাই বহন করব। কিন্তু তোমার স্বপ্ন, তোমার সম্ভাবনা আমি হারাতে দেব না।"

আজ মায়া শুধু একজন শিক্ষক নয়, এক আশ্রয় খুঁজে পেয়েছে। যে আশ্রয়ে সে নতুন করে ভবিষ্যতের স্বপ্ন দেখতে শুরু করে।

ক্লাস শেষে ম্যাডাম মায়াকে নিয়ে সরাসরি রওনা দিলেন তার বাড়ির দিকে। মুখে না বললেও, দুজনেই জানত, আজকের সন্ধ্যা হয়তো মায়ার জীবনের মোড় ঘুরিয়ে দেবে।

বাড়িতে পৌঁছেই জানা গেল, মায়ার বাবা তখনো ফিরেনি। ম্যাডাম ধীরে ধীরে পা বাড়ালেন ভাঙা উঠোন পেরিয়ে, কথা বলতে চাইলেন মায়ার মায়ের সঙ্গে। কিন্তু মুখে যেন তালা, চোখে জমে আছে ক্লান্তি আর পরাজয়ের রেখা। মায়ার মা ধীরে ধীরে বললেন একরাশ অসহায়তা নিয়ে, "স্বামীর মুখের উপরে তো কথা বলা যায় না। উনি যা ঠিক করবেন, সেটাই হবে।"

কথার মাঝেই হঠাৎ দরজার ওপাশে ভেসে এলো পায়ের শব্দ। মায়ার বাবা ফিরেছে। কিন্তু তিনি একা নন, সঙ্গে এসেছে তিন অচেনা মুখ। এক তরুণ, তার মা, আর এক বয়স্কা বোন। তাদের চোখে একরকম যাচাইয়ের দৃষ্টি, যেন পণ্যের বাজারে এসেছে বেছে নিতে।

মায়ার বুঝতে দেরি হলো না, এরা এসেছেন তাকে দেখতে, তার ভবিষ্যতের সিদ্ধান্ত লিখে দিতে।

সেই মুহূর্তে সময়, সামাজিক নিয়ম, কন্যাসুলভ নম্রতা সব ভেঙে মায়া ছুটে আসে ম্যাডামের পাশে। যেন ম্যাডামের ছায়ায়ই তার একমাত্র আশ্রয়। বুকভরা কান্না আর তীব্র প্রতিবাদ একসাথে ফুটে ওঠে,

"বাবা! আমি বিয়ে করব না! করব না মানে করবই না! যদি আমায় নিয়ে তোমাদের এতই সমস্যা হয়, তাহলে আমাকে মেরে ফেলো! কিন্তু আমার স্বপ্নকে এভাবে কবর দিও না। আমি বিয়ে করব না, একদমই না!"

মায়ার চিৎকারে পুরো বাড়ি কাঁপতে থাকে। আশপাশের লোকজন ভিড় জমায়, কানাকানিতে গরম হয়ে ওঠে বাতাস। ম্যাডাম মায়াকে শান্ত করেন, সকলকে আলোচনায় বসার অনুরোধ জানান। কিন্তু যারা পাত্র নিয়ে এসেছে, তারা তাচ্ছিল্যের হাসিতে বলে ওঠে, "এই মেয়ের নিশ্চয়ই কারও সঙ্গে অবৈধ সম্পর্ক আছে, তাই বিয়ে করতে চাইছে না। এমন মেয়েকে তো ঘরে তোলা যায় না!"

অপবাদ, অপমান আর কান্নার ভারে নুয়ে পড়ে মায়া। তার চোখে এখন একটাই প্রশ্ন, "স্বপ্ন দেখাটাই কি ছিল আমার অপরাধ?"

পরদিন সকাল সকাল কলেজে যাবার জন্য বাসা থেকে বেরিয়ে পড়ে মায়া। পথে যার সাথেই দেখা হয় সবাই চোখ রাঙিয়ে কথা বলে। কেউ মুখের ওপর, কেউবা পেছনে কটাক্ষ ছুড়ে দেয়, "বাপের কষ্টের টাকায় কলেজে গিয়ে বুঝি নষ্টামি শিখে!" বিশেষ করে পাশের বাসার কিছু আন্টিরা, যেন মায়ার প্রতিটি পদক্ষেপের বিচারক হয়ে বসে আছে। তাদের বিষাক্ত মন্তব্য প্রতিনিয়ত ছিন্নভিন্ন করে দিচ্ছে মায়ার মনকে।

এই মানসিক চাপের কথা মায়া তার কলেজের কয়েকজন কাছের বন্ধুর সাথে শেয়ার করে। তারা মায়াকে এসবে কান দিতে বারণ করে, সাথে মানসিক সাপোর্ট ও দেয়। তবুও, আজ মায়ার মন বসছে না ক্লাসে। বইয়ের পাতা থেকে চোখ চলে যায় জানালার বাইরে। ইচ্ছে করে দূরে কোথাও চলে যেতে, কিছুক্ষণের জন্য হলেও। কিন্তু

সমস্যা একটাই, কলেজ ছুটির পর ঘুরতে গেলে ফিরতে সন্ধ্যা হয়ে যাবে, তখন বাড়ি ফিরে পড়তে হবে আরেক ঝামেলায়। তাই বন্ধুদের নিয়ে এক অদ্ভুত সাহসী সিদ্ধান্ত নেয় মায়া। আজ তারা ক্লাস বাং দেবে। ভাবা যায় যে মেয়ে একসময় বইয়ের পাতা থেকে চোখ তুলত না, আজ সে ক্লাস পালানোর পরিকল্পনার মাস্টারমাইন্ড।

পরিকল্পনা অনুযায়ী, কলেজের পেছনের দেয়াল টপকে তারা ছুটে চলে মেঘনার দিকে। নদী মাত্র দুই কিলোমিটার দূরে। হালকা বাতাসে ভেসে আসে পানির নোনতা গন্ধ, আর সেই গন্ধেই যেন খানিকটা শান্তি খুঁজে পায় মায়া। চারপাশে কোলাহল থাকলেও, তার মন আজ অদ্ভুতভাবে শান্ত। বিকেল চারটা পর্যন্ত তারা গল্প করে, হাসে, আর ক্ষণিকের মুক্তির স্বাদে সময় কাটায়। মায়ার মনে হয়, এখনকার এই ছোট্ট স্বস্তির মুহূর্তগুলিই যেন জীবনের আসল জয়ের চাবিকাঠি।

সন্ধ্যার আগেই বাসায় ফিরে আসে মায়া, যেন সবকিছু স্বাভাবিক। কিন্তু ঘরের চৌকাঠ পেরোতেই থমকে দাঁড়ায় সে। ঘরের ভেতরে জ্বলছে চাপা উত্তাপ। মা, বাবা ও ছোট দুই বোন, সবার চোখ একসাথে স্থির হয়ে আছে মায়ার দিকে। বাবার মুখ আর চোখ দেখেই বুঝে ফেলে ঝড় এখনই নামবে। তবুও ভেতরে ভেতরে সে সিদ্ধান্ত নিয়ে ফেলে, "যা-ই হোক, নদীর পারে যাওয়ার কথা সে মুখ ফুটে বলবে না।"

ঘরের পরিবেশটা থমথমে। বাতাস যেন জমাট বেঁধে আছে। মায়া মাথা নিচু করে দাঁড়িয়ে থাকে। তার শরীর জুড়ে কাঁপন, চোখে আতঙ্কের ছায়া। হঠাৎ বাবার ভারী গম্ভীর কণ্ঠ ঘরের নিস্তব্ধতা ছেঁড়ে প্রশ্ন করে,

"কোথায় গিয়েছিলি?"

মায়া চোখ না তুলে ঠোঁট কাঁপাতে কাঁপাতে উত্তর দেয়, কলেজে..।

কণ্ঠে ছিল না আত্মবিশ্বাস, ছিল শুধুই ভয়। বাবা এবার একধাপ এগিয়ে আসে। কণ্ঠ যেন আরও কঠোর হয়ে ওঠে,

"সত্যি করে বল! কলেজের নাম করে কোথায় গিয়েছিলি?"

মায়া এবার পিছিয়ে আসে দু'পা। তার শরীর কেঁপে ওঠে। চোখের কোণে জল টলমল। ধড়ফড় করে নিঃশ্বাস নিতে নিতে বলে,

"কলেজে... আমি সত্যি কলেজেই গিয়েছিলাম বাবা.."

একটি আঘাত, তারপর আরেকটি।

আমার ঘাম ঝরানো টাকায় তুই কী শিখিস কলেজে গিয়ে? এখন বুঝতে পারছি, তুই আমার পছন্দ করা ছেলের সাথে বিয়েতে কেন রাজি হসনি। তোর নিশ্চয়ই অন্য কেউ আছে।

চারপাশের নিস্তব্ধতার ভেতর কেবলই শোনা যায় মায়ার কণ্ঠের ভীতু সুর, আর বাবার গুমরে ওঠা সন্দেহের ভার।

এরপর আঘাত, আবার আঘাত....।

একসময় আর দাঁড়িয়ে থাকতে পারে না মায়া। চোখের সামনে অন্ধকার নেমে আসে। শরীরটা ঢলে পড়ে মাটিতে। নিস্তব্ধতা নেমে আসে ঘরের ভেতর। বন্দী করে রাখা হয় মায়াকে।

মায়া এখন পুরোপুরি গৃহবন্দী। ঘরের চার দেয়াল যেন তার চারপাশে এক অদৃশ্য শিকল হয়ে ছড়িয়ে আছে। বাইরে যাওয়ার সব পথ বন্ধ। জানালার ওপারেই আছে বিশাল পৃথিবী। সে জানালা দিয়ে আকাশের দিকে তাকিয়ে ভাবতে থাকে এই আকাশের বিশালতার মাঝে আমার পৃথিবীটা কেন এত ছোট? নিজের প্রতি সে আস্থা হারিয়ে ফেলতে থাকে ক্রমাগত। সে নিজেকে বুঝায়, তার ভেঙে পরলে চলবে না। সবাই যেখানে হাল ছেড়ে দেয় মায়া সেখান থেকেই শুরু করে। পৃথিবী একটি যুদ্ধক্ষেত্র এবং আমরা সবাই যোদ্ধা। তাকে এই জীবনযুদ্ধে জয়ী হতেই হবে। কারণ হেরে যাবার জন্য তার জন্মই হয় নি। মায়া পৃথিবীতে এসেছে শুধুই জয় করতে।

অন্ধকার ঘর ভেদ করে মায়া এখান থেকেই স্বপ্ন দেখে একদিন সে আলো ছুঁবে। শুধু ছুঁবে না, আলোর মতোই জ্বলবে। মায়া চুপচাপ, ঠান্ডা মাথায় মুক্তির নীল নকশা আঁকতে শুরু করে। সে বুঝে গেছে, সরাসরি বিদ্রোহ নয়, এই পৃথিবীতে কখনও কখনও অভিনয়ই মুক্তির সবচেয়ে শক্তিশালী পথ হয়ে দাঁড়ায়। ধীরে ধীরে পরিবারের সাথে মিশে যায় মায়া। আগের সেই প্রতিবাদী মুখে এখন শান্ত মিষ্টি হাসি। বাবার পছন্দ করা পাত্রকেও বিয়ে করতে রাজি হয়ে যায়।

মায়াকে দেখে সবাই অবাক। দুদিন আগে যে মেয়ে স্বপ্ন দেখতো নিজের পায়ে দাঁড়াবে, তার মতো অবহেলিত হাজারো মেয়ের আইডল হবে, সে মায়া কিভাবে দুদিনেই এতটা শান্ত হয়ে গেল? কিভাবে তার বাবার কথায় বিয়েতে রাজি হয়ে গেল? কেউ বুঝতে পারে না এই শান্ত মুখের আড়ালে লুকিয়ে আছে এক গভীর অভিনয়, একটি লড়াই, যা চুপচাপ চলছে মায়ার ভেতরে।

বিয়েতে সম্মতির পর, মায়া তার পরিবারের কাছে একটি অনুরোধ করে, "বিয়ের আগে, আমি পাত্রের সাথে একান্তে কিছু কথা বলতে চাই। মাত্র একবার।"

বাবা এখন খুশি কারণ মায়া বিয়েতে রাজি হয়েছে। তাই শান্ত মেয়ের এই ছোট্ট চাওয়াকে অগ্রাহ্য করেন না। তিনি সম্মতি দেন।

আজ মায়ার হবু স্বামীর সঙ্গে তার প্রথম দেখা। দুজনের সম্মতিতেই নির্ধারিত হয়েছে উপজেলা সদরের একটি নিরিবিলি রেস্টুরেন্ট। নরম আলো, হালকা সুর আর অচেনা রোমাঞ্চের অপেক্ষায় থাকা দুটি চেয়ার। আয়নার সামনে দাঁড়িয়ে মায়া শেষবারের মতো ঠিক করে নেয় হিজাবটা। হালকা গোলাপি রঙের সফট শিফন হিজাব সামনের দিকে আলতো করে গুঁজে রাখা। যেন শালীনতার সঙ্গে একধরনের স্নিগ্ধ আত্মবিশ্বাসও জড়িয়ে আছে।

দুপুর ঠিক দুইটা। মায়া একটু আগেই পৌঁছে গেছে। মনের মধ্যে অজানা এক অস্থিরতা। এই প্রথম, যে ছেলেটি তার পছন্দ, স্বপ্ন, ভালো লাগা, অনুভূতি জানার জন্য আসবে সেই ছেলেটির সামনে সে বসবে সম্পূর্ণ এক ভিন্ন মুখোশ পরে।

ফারিস এসে বসে তার সামনে। প্রথমে একরাশ সৌজন্য, হাসি, কুশল বিনিময়। তারপর শুরু হয় পরিচয়ের আনুষ্ঠানিকতা; কে কী খেতে ভালোবাসে, কোন বই পড়ে, কোন গান শোনে, কী স্বপ্ন দেখে...ইত্যাদি।

ফারিস আগ্রহভরে জানতে চায় মায়ার স্বপ্ন, পছন্দ-অপছন্দ। আর মায়া মুচকি হেসে শুধু একটাই উত্তর দেয়, "আপনার স্বপ্ন, পছন্দ, অনুভূতি, খুনসুটি সবই আমার মনের মতো। আলাদা কিছু নেই।"

ফারিস অবাক হয়। এতটা মিল? কিন্তু সে কিছু বলে না। কথার ফাঁকে হঠাৎ চলে আসে সেই স্পর্শকাতর প্রসঙ্গ, যৌতুক ও মোহর। মায়া, দৃঢ় গলায় প্রশ্ন করে বসে, "আপনার বা আপনার পরিবারের কোনো দাবি আছে কি? কিছু চাইবেন?"

প্রশ্ন শুনে প্রথমে খানিকটা থমকে যায় ফারিস। তারপর হালকা একটা মুচকি হাসি দিয়ে বলে, "হ্যাঁ, অনেক দাবি আছে আমার। অনেক চাহিদা।"

মায়ার মুখ কঠিন হয়ে ওঠে। ভেতরে ভেতরে সে বিদ্রোহ করে বসে। এই ছেলে যদি যৌতুক চায়, তবে তাকে আমি জীবনেও বিয়ে করব না, না মানে না।

ফারিস উত্তর দেয়, দেখো, তোমার বাবা তোমাকে ছোট থেকে বড় করেছে। তার সাধ্য অনুযায়ী সব দিয়েছে। জামাকাপড়, ভালো খাবার, লেখাপড়ার খরচ, এসব কি আমার জন্য কম? আমি কোন মুখ নিয়ে কিছু চাইব বলো? তোমাকে শুধু বোঝাতে চাই, "যৌতুক দেওয়া আর নেওয়া, দুটিই সমান অপরাধ।"

তবে হ্যাঁ, যদি কিছু চাইতেই হয়, আমি তোমাকেই চাইবো। তুমি-ই হবে আমার জীবনের সবচেয়ে বড় উপহার। আমি রাজা না হই কিন্তু তুমি ঠিকই আমার রাজ্যের রানী হবে। হয়তো আমি অনেক শিক্ষিত নই। কিন্তু আমি বুঝি, তোমার বাবা তোমাকে যেভাবে তৈরি করেছে এটাই আমার জীবনের অলংকার। আমার চাহিদা শুধুই তুমি।

এই কথা শুনে মায়া চুপচাপ বসে থাকে। হৃদয়ের গভীরে কোনো এক জমে থাকা বরফ যেন গলে যেতে থাকে ধীরে ধীরে। এই প্রথম মায়া বুঝতে পারে, সব পুরুষ একরকম নয়। কেউ কেউ শুধু গ্রহণ করতে নয়, মর্যাদাও দিতে জানে। অনেক কথার ফাঁকে, হঠাৎ করেই মায়া ফারিসের দিকে তাকিয়ে জিজ্ঞেস করে, "বিয়ের পর যদি আমি পড়াশোনা চালিয়ে যেতে চাই, আপনি কি অনুমতি দেবেন?" প্রশ্নটা খুব স্বাভাবিক, কিন্তু মায়ার চোখে লুকানো ছিল একরাশ ভয় আর প্রত্যাশা।

ফারিস একটু থেমে মৃদু হেসে বলে, "কেন নয়? তুমি তো শুধু আমার স্ত্রী হবে না, তুমি হবে একজন মা, একজন স্বপ্নবাজ নারী। তোমার স্বপ্নগুলোকে বাঁচার সুযোগ তো দিতেই হবে।"

মায়া এবার কিছুটা নিশ্চিন্ত হয়, নিজের পড়াশোনা শেষ করে নিজের পায়ে দাঁড়ানোর আকাঙ্ক্ষা স্পষ্টভাবে প্রকাশ করে ফেলে। ফারিস চুপচাপ শোনে। যদিও সে নিজে উচ্চশিক্ষিত নয়। মাত্র ক্লাস ৯ পর্যন্ত পড়েছে। তবুও সে জানে শিক্ষার কী মূল্য।

একসময় কথায় কথায় ফারিস ফিরে যায় তার প্রবাস জীবনের গল্পে। মায়ার চোখের দিকে তাকিয়ে বলে, "জানো, আমি ওখানে একটা রেস্টুরেন্টে ক্লিনারের কাজ করি। খুব বেশি আয় নেই, আর সম্মান তো নেই বললেই চলে। কিন্তু কী করব? ডিগ্রি না থাকলে চাইলেও অনেক কিছু করা যায় না। আমি চাই না আমার সন্তানের জীবন

আমার মতো হোক। আমি চাই তারা ডাক্তার, ইঞ্জিনিয়ার, উকিল বা বিসিএস ক্যাডার হবে। আর আমি হব তাদের গর্বিত পিতা, তুমি হবে গর্বিত মা। সেজন্য সন্তানের মায়ের শিক্ষিত হওয়া আবশ্যক।”

নেপোলিয়ান বলেছে, “তুমি আমাকে শিক্ষিত মা দাও, আমি তোমাকে শিক্ষিত জাতি দেব।”

ফারিস মায়াকে কথা দেয়, “তুমি যতদূর পড়তে চাও, যেভাবে পড়তে চাও, আমি সেটা নিশ্চিত করব। আমার যত কষ্টই হোক, আমি তোমাকে পড়াব। তুমি পড়বে... তুমি এগিয়ে যাবে বহু দূর।”

ফারিসের এসব কথা শুনে মায়ার মনে ফারিসের জন্য ভালোবাসার অনুভূতি তৈরি হতে শুরু করে। এত মেঘ না চাইতেই বৃষ্টি। মায়ার বাবা যেখান থেকে মায়াকে নিয়ে স্বপ্ন দেখা বন্ধ করে দিয়েছে, ফারিস সেখান থেকেই স্বপ্ন দেখা শুরু করে। ফারিস একটা ছায়া নয়, বরং একটা সিঁড়ি হয়ে দাঁড়ায় মায়ার জীবনে। ফারিসের এই মনমানসিকতা দেখে মায়া ফারিসকে বিয়ে করার সিদ্ধান্ত নিয়ে ফেলে। যে করেই হোক ফারিসকে বিয়ে করতেই হবে। তবে ভালোবাসা থেকে নয়, নিজের ক্যারিয়ার এর কথা ভেবে।

এভাবে চলতে চলতে দিন পেরিয়ে মাস চলে এলো। এদিকে বিয়ের দিনতারিখ ও ঠিক হয়ে গেছে। ফারিস দিন গুনছে মায়াকে নিজের করে কাছে পাওয়ার। আর মায়া অপেক্ষা করছে একজন সফল অভিনেত্রী হবার। কারণ সে তো আর ভালোবাসে না। বিয়েটাকে শুধুই নিজের ক্যারিয়ার তৈরি করার হাতিয়ার হিসেবে নিয়েছে। তবে ক্যারিয়ার হলে যে ফারিসকে ছেড়ে দেবে এমনটাও কিন্তু ভাবছে না। সবকিছুকেই সে সময়ের হাতে ছেড়ে দেয়। আপাতত তার একটাই লক্ষ্য তাকে তার গন্তব্যে যেতে হবে। সে যে করেই হোক। কিন্তু মায়া হয়তো বুঝতে পারেনি, “যদি কাউকে কিছু পাবার আশায় বিয়ে করা হয় তখন এই সম্পর্ক ততদিনই চলে যতদিন না সে তা পায় যা সে চেয়েছিল। ঠিক যেমন আমরা রিকশায় করে গন্তব্যে ছুটি, পৌঁছে গেলে ভাড়া দিয়ে রিকশা থেকে নেমে যাই। মায়াও হয়তো সফলতার এই রিকশা থেকে একদিন নেমে যাবে। হয়তো এই রিকশার ভাড়া মায়ার কোনোদিনই দেয়া হবেনা। হয়তো মায়া তার কাছে ঋণী কিংবা অপরাধী হয়েই থেকে যাবে অনন্তকাল।

২

আজ পহেলা ফাল্গুন। পূর্ব আকাশে লাল আভা ছড়াতে ছড়াতে গ্রামের পাখিরা যখন ঘুম ভাঙার গান গাইছে, তখন থেকেই মায়ার বাড়িতে শুরু হয়েছে সাজসাজ রব। আজ তার বিয়ে। এক গরিব ঝালমুড়ি বিক্রেতার মেয়ে মায়া আজ জীবনের নতুন পথে পা রাখতে চলেছে। পরনের লাল বেনারসিটা হয়তো নতুন নয়, পাশের গ্রামের এক আত্মীয়র থেকে ধার নেওয়া, কিন্তু মায়ার মুখের লজ্জামাখা হাসি আর চোখের চঞ্চলতা যেন তাকে রাজকন্যার মতো লাগাচ্ছে। মা বারবার চোখে কাজল দিয়ে, কপালে টিপ পরিয়ে বলছে, "তুই সুখে থাকিস মা, অনেক সুখে। দুঃখ যেন তোকে ছুতে না পারে।"

এদিকে বরযাত্রীও চলে এসেছে, পরনে সাদা পাঞ্জাবি, মাথায় পাগড়ি, গলায় গাঁদা ফুলের মালা, দাঁড়িয়ে আছে উঠোনে। বন্ধুদের মাঝে একটু লজ্জা, একটু উত্তেজনা। কিছুক্ষণের মধ্যেই তাদের বিয়ে হবে।

দরজার ওপারে অন্য ঘরে বসে মায়া, হিজাবে ঢাকা, মাথা নিচু, দুই হাতে মেহেদির রঙে লেখা 'ফারিস'। তার বুকের ভিতর ধুকপুক শব্দ এতটাই জোরে বাজছে যে সে নিজেই শুনতে পাচ্ছে।

দুপুরের খাওয়াদাওয়ার পর শুরু হয় বিয়ের আনুষ্ঠানিকতা। কাজি সাহেব জিজ্ঞেস করেন,

"ফারিস আহমেদ, আপনি কি মায়া আহমেদকে আপনার স্ত্রী হিসেবে কবুল করছেন?"

এক মুহূর্ত নিঃশব্দ। ফারিস চোখ বন্ধ করে শ্বাস নেয়, অতীত ও ভবিষ্যতের মাঝখান দিয়ে হেঁটে যেন এক পবিত্র পথে পা রাখে। তারপর হালকা কণ্ঠে স্পষ্ট উচ্চারণে বলে,

"কবুল করছি।" প্রথমবার।

দ্বিতীয়বার, কণ্ঠে একটু কম কাঁপুনি,

"কবুল করছি।"

তৃতীয়বার, বুকভরা বিশ্বাস আর মিষ্টি তৃপ্তি,

"কবুল করছি।"

অন্যদিকে বিয়ের মিষ্টি মুহূর্তগুলোতে মায়ার চঞ্চলতা কোথায় যেন হারিয়ে গেছে। সে আজ শুধু কারো মেয়ে নয়, কারো স্ত্রী, ফারিসের ভালোবাসার মানুষ।

ঘড়ির কাঁটা থেমে আছে এক বিশেষ মুহূর্তে। ঘর জুড়ে নিঃশব্দ উত্তেজনা, আর একধরনের পবিত্র চাপা আলো যা কেবল জীবনের সবচেয়ে গুরুত্বপূর্ণ সময়গুলোতেই অনুভব করা যায়।

বিয়ে শেষে পালকিতে বসে মায়া যখন ফারিসের বাড়ির পথে, ফারিস ধীরে ধীরে মায়ার হাত ধরে ফিসফিসিয়ে বলে, "ভয় পেয়ো না, আমি তোমাকে কখনো কষ্ট দেব না।" মায়ার চোখে জল, কিন্তু সেই জলে ভয় নেই, আছে ভরসা।

বিয়ের সারা দিনের ধুমধামের পর, অবশেষে সেই প্রতীক্ষিত মুহূর্ত আসে, ফুলসজ্জার রাত। রাতের নিস্তব্ধতার মাঝে শোনা যাচ্ছে ঝিঁঝিঁ পোকার ডাক। মায়া বসে আছে খাটের এক কোণে, মাথায় ঘোমটা, চোখ নামিয়ে রাখা, গালে লালচে আভা। ঘরের টিমটিমে হারিকেনের আলোয় আরও রহস্যময় লাগছে তাকে। ফারিস ধীরে ধীরে ঘরে ঢোকে, হাতে এক গুচ্ছ কালো গোলাপ। মায়ার দিকে তাকিয়ে কিছুক্ষণ চুপ করে থাকে। এই মেয়েটি আজ থেকে তার জীবনের সঙ্গী। এই ভাবনায় ফারিসের বুকের ভিতরটা ধুকপুক করে ওঠে।

ফারিস মায়ার কাছে বসতে ভয় পাচ্ছে। জীবনের প্রথম বিয়ে বলে কথা। রুমের এক পাশে দাড়িয়ে অপেক্ষা করছে কখন জোনাকিরা ঝিঝি শব্দে মুখরিত করবে তাদের রঙিন স্বপ্নগুলো। কখন জানালার ছিদ্র দিয়ে চাঁদের আলো মায়ার মুখে এসে পড়বে। অবশেষে অপেক্ষার প্রহর শেষ হলো। ফারিস আস্তে করে মায়ার পাশে বসে বলে, “তুমি খুব সুন্দর সেজেছো আজ।”

মায়া কিছু বলে না, শুধু হালকা হাসে। সেই হাসিতে লাজ, ভালোবাসা আর অজানা ভবিষ্যতের ভয় মিশে তৈরি করেছে এক অদ্ভুত আবেগ।

তারা দুজনে আজ নতুন এক অধ্যায় শুরু করতে যাচ্ছে। বাহারি ফুলের ঘরে ঘোমটার আড়ালে চোখের ভাষায় চলতে থাকে প্রেম, প্রতিজ্ঞা, ভরসা আর ভালোবাসার কথা। গ্রামের এই সাদামাটা ফুলসজ্জার রাত শহরের রাজপ্রাসাদের থেকেও বেশি রাজকীয় মনে হয় তাদের কাছে। ফারিস সামনে এসে আলতো করে ঘুমটা টা সরিয়ে দিতেই মায়া লজ্জায় চোখ বুজে ফেললো। কিছুটা নিয়ন্ত্রণের বাহিরে গিয়ে হেলে পরলো ফারিসের বুকে। ফারিসও শক্ত করে জড়িয়ে ধরলো মায়াকে। এই প্রথম কাউকে জড়িয়ে ধরা। আলতো করে চুমু খেলো কপালে। ভালোবাসার গভীর আবেশে মায়া ও ফারিস হারিয়ে গেল এক অন্য জগতে, যেখানে কেবল অনুভব, স্পর্শ, আদর, আলিঙ্গনই একমাত্র ভাষা।

হঠাৎ ফারিস মুখ ফুটে মায়াকে বলে, “আজকের পর কখনো সুগন্ধি মাখবিনা।”

মায়া কারণ জানতে চাইলো।

ফারিস মায়ার কানের কাছে গিয়ে ধীরে ধীরে বলল, “তোমার গায়ের গন্ধটা আমার ভীষণ প্রিয়। তোমার গায়ের গন্ধটাই আমার কাছে পারফিউম। পৃথিবীর সবচেয়ে দামী সুগন্ধিকেও তোমার গায়ের গন্ধ হার মানাবে প্রিয়।”

ভালোবাসায় মিলে মিশে একাকার হয়ে গেল দুজন। হারিয়ে গেল ভালোবাসার অন্য এক পৃথিবীতে। যে পৃথিবীর বাসিন্দা তারা দুজনই।

মায়ার কাছে এ যেন এক নতুন জগৎ। সকালে ঘুম ভাঙে মোরগের ডাক আর নারিকেল পাতার ঝিরঝির শব্দে। উঠোনে পা রেখেই দেখে ফারিস ইতিমধ্যেই হাঁসের খোঁজে পুকুরপাড়ে চলে গেছে। গায়ে ধবধবে লুঙ্গি, মুখে মায়াবী হাসি। তাকে দেখে মায়ার চোখে ফুটে ওঠে একচিলতে প্রশান্তি।

দুপুরবেলা মায়া শাশুড়ির সঙ্গে রান্নাঘরে যায়। মাটির চুলায় ধোঁয়া উড়ছে, পুঁইশাক আর ইলিশ ভাজার গন্ধ ছড়িয়ে পড়ছে উঠোন জুড়ে। এরই মাঝে ফারিস এসে বলে, "এই ঘ্রাণের জন্যই বিদেশ যেতে ইচ্ছে হয় না!"

বিকেল হলে তারা হাঁটতে বেরোয় গ্রামের মেঠোপথ ধরে ধানক্ষেতের আল দিয়ে। চারপাশে শুধু সবুজ আর পাখির ডাক। হাতের তালুতে হাত রেখে ফারিস জিজ্ঞেস করে,

"তুমি ঠিক আছো তো?"

মায়া একটু হেসে বলে, "তুমি পাশে থাকলে ঠিক আর বেঠিকের হিসেব ভুলে যাই।"

পুকুরপাড়ে বসে তারা অনেক কথা বলে। ছোট ছোট স্বপ্ন, ভবিষ্যতের গল্প, আর মাঝেমধ্যে ঠান্ডা বাতাসে চুপ করে বসে থাকা। ফারিস পানিতে পা ডুবিয়ে দেয়, আর মায়া পাশে বসে শুকনো পাতা ভাঙে হাতে নিয়ে।

দেখতে দেখতে জীবনের আরেকটি গুরুত্বপূর্ণ অধ্যায় এসে দাঁড়ায় মায়ার দরজায়, এইচএসসি পরীক্ষা। তবে পরীক্ষাটা যেন শুধুমাত্র মায়ার একার ছিল না। পরীক্ষার এই সময়টা পরিণত হয় এক গভীর ভালোবাসার উৎসবে। ফারিসের বাড়ির মানুষগুলো এমন যত্নে আগলে রাখে মায়াকে, যেন সে এই বাড়ির বউ নয়, বরং একমাত্র কন্যা। চোখে-মুখে স্নেহ, আচরণে নির্ভরতা, কথায়-মর্মে উৎসাহ সব মিলিয়ে পরীক্ষার সময়টা হয়ে ওঠে মায়ার জীবনের এক অনন্য অভিজ্ঞতার।

মায়ার শ্বশুর-শাশুড়ি যেন নিজের সন্তানকে পরীক্ষায় বসাতে চলেছেন এমন আগ্রহ নিয়ে দিন গুনতে থাকেন। বাড়ির অন্য কাজগুলো চুপিসারে ভাগাভাগি করে নেয় সবাই, যাতে মায়ার মনোযোগ কেবল পড়ালেখায় থাকে। কেউ বলে না, "এটা করে দাও," কেউ বলে না, "তুমি তো বাড়ির বউ।" বরং সবাই যেন নীরবে জানিয়ে দেয়, "তুমি এখন কেবল একজন শিক্ষার্থী, আমাদের মেয়ে, তোমার স্বপ্ন পূরণের জন্য আমরা পাশে আছি।"

আর ফারিস, সে তো যেন এই সংসারের ছায়া থেকে উঠে আসা এক মমতাময় প্রতিচ্ছবি। মায়ার প্রতিটি কাজ, ছোট থেকে বড় সব দায়িত্ব নিজের কাঁধে তুলে নেয় সে। জামাকাপড় ধোয়া থেকে শুরু করে ঘর গুছানো, বাজার করা, মায়ের সঙ্গে রান্নাঘরে কাজ করা সবকিছুতেই ফারিস নিজে উপস্থিত। যেন এক নিঃশব্দ অঙ্গীকারে সে বলে দেয়, "তুমি শুধু পড়ো মায়া, বাকিটা আমার।"

মায়ার ব্যক্তিগত জিনিসগুলোও ফারিসই গুছিয়ে রাখে। বইয়ের শেলফ পরিষ্কার করা, পরীক্ষার রুটিন প্রিন্ট করে দেয়ালে টাঙানো, পেন-পেন্সিল গুছিয়ে রাখা সবকিছুতে সে যেন একান্ত যত্নশীল। এই ক'দিনের জন্য মায়া হয়ে ওঠে তার সবচেয়ে প্রিয় দায়িত্ব।

সকালগুলো শুরু হয় এক নতুন ছন্দে। ভোরে ফজরের আজানের সুরে ফারিস ধীরে ডেকে তুলে মায়াকে। চোখ খুলতেই মায়া দেখে ফারিসের মৃদু হাসি, "ওঠো,

নামাজের সময় হয়ে গেছে।" দুজনে একসাথে ওযু করে, নামাজ আদায় করে। তারপর মায়া পড়তে বসে, আর ফারিস চুপিচুপি চলে যায় রান্নাঘরে।

সকালের টেবিলে ফারিস সাজিয়ে রাখে দুটি সিদ্ধ ডিম, এক গ্লাস দুধ, একটা গরম পরোটা আর ডালের ভাজি। খুন্তির উষ্ণতা আর ভালোবাসার পরশে সেই নাশতা হয়ে ওঠে সবচেয়ে মধুর। মায়া যখন একাগ্র মনে বইয়ে চোখ রাখে, ফারিস তখন পেছনে থেকে জানালার পর্দা সরিয়ে দেয়, আলো পড়ে মায়ার পড়ার টেবিলে। এই সময়টাতে মায়া অনুভব করে এক অদ্ভুত গর্ব। সেই গর্বের জন্ম হয় ভালোবাসা আর যত্নের মিশেলে। সে বুঝে যায়, ভালোবাসা মানে শুধু প্রেম নয়, ভালোবাসা মানে সময় দেওয়া, পাশে থাকা, আর প্রয়োজনে নিজেরটা ছেড়ে অন্যেরটা হয়ে যাওয়া।

দেখতে দেখতে পরীক্ষার দিন আসে। ফারিস নিজে মায়াকে হল পর্যন্ত নিয়ে যায়। মায়া পরীক্ষার হলে ঢুকার আগে চোখে চোখ রেখে বলে, "চিন্তা করো না, তুমি পারবে। আমি বাইরে আছি।"

হলের বাইরে ফারিস দাঁড়িয়ে থাকে ঠিক সেইভাবেই, যেভাবে বাবা অপেক্ষা করেন পরীক্ষার হলে থাকা সন্তানের জন্য। রোদের মধ্যে ছাতা মাথায় রেখে অপেক্ষা করে, মাঝে মাঝে পানির বোতল হাতে ঘুরে বেড়ায়, আবার কখনো দোয়া পড়ে ফুঁ দিয়ে দেয় নিজের হাতে ধরা রুমালে। যেন তার সমস্ত বিশ্বাস আর আশীর্বাদ গিয়ে পড়ে মায়ার খাতার পাতায়।

এভাবে একে একে কেটে যায় প্রতিটি পরীক্ষা। প্রতিটি দিনেই ফারিস একইভাবে সঙ্গ দিয়েছে মায়াকে। কখনো মায়ার চোখের ক্লান্তি দেখে রাতে তার মাথায় তেল মাখিয়ে দেয়, আবার কখনো পরীক্ষার আগের রাতে মায়াকে বই পড়ে শুনিয়ে ঘুম পাড়িয়ে দেয়। এই সময়টা তাদের সম্পর্কের এক নতুন দিগন্ত উন্মোচন করে।

শেষ পরীক্ষার দিন, মায়ার চোখে আনন্দ আর অদ্ভুত শূন্যতা। ফারিস তাকে হলে নিয়ে যায় আগের মতোই, কিন্তু এবার মায়া পেছন ফিরে তাকায় বার বার। যেন বলতে চায়, "এই ক'দিনে তুমি যে ভাবে পাশে ছিলে, তা কখনো ভুলবো না।"

পরীক্ষা শেষ হয়ে যায়, আর সাথে সাথে শেষ হয়ে যায় ফারিসের ছুটির দিনগুলোও। কিন্তু মায়ার মনে গেঁথে থাকে সেই সকালের নাশতা, সেই ওয়াকাল সময়ের প্রার্থনা, আর সেই একান্ত ভালোবাসার প্রতিটি মুহূর্ত।

মায়া বুঝতে পারে, সম্পর্ক মানে শুধু বাঁধনে বাঁধা নয়, বরং নির্ভরতার আশ্রয়ে মাথা রাখার মতো জায়গা। পরীক্ষার দিনগুলোতে ফারিস শুধু স্বামী নয়, এক বন্ধু, এক অভিভাবক, এক আশ্রয় হয়ে উঠেছিল। আর সেই আশ্রয়ে দাঁড়িয়েই মায়া এগিয়ে যায় তার স্বপ্নের পথে, এক নতুন আলোর দিকে।

এভাবে চলে গেল এক মাস। ফারিসেরও বিদেশ ফেরার সময় হয়ে এসেছে। যেতে ইচ্ছে করছে না তবুও যেতে হবে। বিষণ্নতা নিয়ে চুপচাপ বসে আছে খাটের কোণে, পাশে খোলা স্যুটকেস আর মায়ার হাতে বানানো শুকনো নিমকি। যা খেয়েই সে প্রতিবার চোখ বন্ধ করে অনুভব করবে ঘরের স্বাদ।

মায়া ধীরে ধীরে জামা গুছিয়ে দেয়, গায়ে হাত বুলিয়ে দেয় যেন মমতার শেষ ছোঁয়া দিচ্ছে। মুখে কিছু বলে না, শুধু ঠোঁট শক্ত করে চেপে ধরে। ফারিসও চুপ। মাঝে মাঝে চোখ তুলে তাকায়, আবার চোখ নামিয়ে নেয়। দুজনেই জানে, বিদায়ের কোন কথা থাকে না। শুধু থাকে অনুভব, একরাশ টান।

এয়ারপোর্টের প্রতিটি করিডোরে তখন ভোরের আলো কেবল ছুঁইছুঁই। মানুষের হাঁটার শব্দ, যান্ত্রিক ঘোষণার আওয়াজ, সব কিছুর মাঝেও ফারিস আর মায়ার চারপাশে যেন এক আলাদা নিস্তব্ধতা। হঠাৎ ফারিস মায়ার দুই হাত নিজের হাতের মাঝে নিয়ে চুপচাপ কিছুক্ষণ তাকিয়ে রইল। তারপর মৃদু কণ্ঠে বলল,

"আমি যাচ্ছি মায়া... তোমার স্বপ্ন নিয়ে। আমার না-পাওয়া গল্পগুলো তুমি হয়ে ওঠো, আমি ফিরে এসে দেখে নেবো, তুমি ঠিক কতদূর এগিয়ে গেলে।"

মায়ার চোখ বেয়ে একফোঁটা অশ্রু গড়িয়ে পড়ল। হয়তো সেটা প্রতীক্ষার অঙ্গীকার, হয়তো নিঃশব্দে বলা একমাত্র শব্দ, "ফিরে এসো।"

ফারিসকে শেষবারের মতো জড়িয়ে ধরে মায়া। তার মনে হচ্ছিল, এটাই হয়তো শেষ দেখা। এটাই হয়তো সেই শেষ ছোঁয়া যা মানুষ সারাজীবন মনে রাখে, কিন্তু আর কোনোদিন ফিরে পায় না। ফারিসের গায়ের চেনা গন্ধ, তার বুকের আরাম, কণ্ঠের অভ্যস্ত শব্দ, সবকিছু তখন একসাথে মিলে মায়ার বুকের ভেতর এক শূন্যতা রেখে যায়।

প্লেন যখন মাটি ছেড়ে আকাশে পা রাখে, মায়া তখন তাকিয়ে থাকে, যতক্ষণ দেখা যায়। সেই নীল আকাশে হারিয়ে যাওয়া সাদা বিন্দুটা তার বুকের গভীরে রেখে যায় এক অদ্ভুত শূন্যতা। সেদিন প্রথমবার মায়া বুঝেছিল, "বিদায় শুধু শারীরিক দূরত্ব নয়, হৃদয়ের এক গভীর বিচ্ছেদও।"

মায়া নিজেও জানেনা অভিনয় করতে করতে কখন যে ফারিসকে ভালোবেসে ফেলেছে সে। মানুষ যদি একটা কুকুর ও পুষে একটা সময় পর সেটার প্রেমে পরতে বাধ্য। আর যেখানে ফারিস একজন মানুষ, যার দেহ ও মনের সাথে মায়া মিশে ছিল প্রায় দুইটি মাস।

৩

মায়ার জীবনে আজকের দিনটি এক নতুন শুরুর দিন। কলেজ শেষ করে ভর্তি পরীক্ষার প্রস্তুতির জন্য মায়া আজ প্রথমবারের মতো নিজের গ্রাম ছেড়ে শহরের পথে পা বাড়াবে। ছোটবেলা থেকেই মায়ার ইচ্ছা ছিল বড় হয়ে ডাক্তার হবে, মানুষের সেবা করবে। সেই স্বপ্ন নিয়েই আজ সে শহরে যাচ্ছে কোচিং করতে। মায়ের আঁচলে মুখ লুকিয়ে কেঁদেছিল সে সকালবেলা। বাবা একটাও কথা বলেনি, শুধু মাথায় হাত রেখে বলেছিল, "ভালো কিছু কর মা, তোর জন্যই তো এত কষ্ট করছি।"

গ্রামের স্টেশন থেকে লোকাল ট্রেনে করে শহরের উদ্দেশ্যে রওনা হয় মায়া, হাতে একটা ছোট ট্রাভেল ব্যাগ, ট্রেন ছুটে চলছে অচেনা এক গন্তব্যের দিকে।

আকাশটা ছিল মেঘলা, বাতাসে হালকা শীতল ছোঁয়া। চারপাশে ছিল এক অদ্ভুত নিস্তব্ধতা, যেন প্রকৃতিও থমকে আছে কোনো অজানা আশঙ্কায়। শীতলতার মতোই হয়তো তার এই যাত্রা হবে নিঃসঙ্গ, নিস্তব্ধ আর নিষ্ঠুর। ঢাকায় গিয়ে সে কী পাবে, কে জানে? হয়তো সুযোগ, নয়তো প্রতারণা। তবুও মায়া জানে, থেমে গেলে চলবে না। শীতল হাওয়ার মাঝেই তাকে খুঁজে নিতে হবে নিজের উষ্ণ ভবিষ্যৎ।

শহরটা মায়ার কাছে অচেনা, বিশাল, আর একটু ভয়ংকরও। বাস, রিকশা আর মানুষের ভিড় সবকিছুই যেন ব্যস্ত, বিরক্ত, অচেনা। তবুও সে হারিয়ে যায়নি। শহরে এসে মায়া উঠেছে এক দূর সম্পর্কের আত্মীয়ার বাসায়, ভগ্নিপতির বোন। ছোট্ট ফ্ল্যাট, দুটি রুম, একটাতে সেই পরিবার, আর অন্যটাতে এখন মায়ার ঠাঁই।

গ্রামের শান্ত উঠোন, পাখির ডাক, আর ফারিসের কোমল চোখের বদলে এখন তার দিন কাটে বাসার বারান্দায় বসে দূরের আকাশের দিকে তাকিয়ে। আত্মীয়েরা ভদ্র, যত্ন করে, কিন্তু কোথাও একটা অদৃশ্য দূরত্ব থাকে সবসময়। খাবার সময় একসঙ্গে বসা হয় না, কথাবার্তা সীমিত, হাসিগুলো শালীন আর মাপা।

মায়া সকালে নামাজ পড়ে বারান্দায় দাঁড়ায়। গাছপালা নেই, শুধু কংক্রিট আর হর্নের শব্দ। দুপুরে চুপচাপ বই পড়ে, মাঝে মাঝে ফারিসের পাঠানো মেসেজ পড়ে চোখে জল আসে, কিন্তু সাড়া দেয় শান্ত গলায়, "ভালো আছি, তুমিও ভালো থেকো, নিজের যত্ন নিও।"

বিকেলে রান্নাঘরে সাহায্য করে, আত্মীয়র ছেলেকে পড়ায়, কিন্তু হৃদয়ের ভেতর জমে থাকে একরাশ শূন্যতা।

এই শহরের ব্যস্ততা, ফ্ল্যাটের দেয়াল, আর মানুষের নির্লিপ্ত হাসির ভেতর মায়া তার নিজের জায়গাটা খুঁজে বেরায়। আত্মীয়ের বাসায় উঠে কিছুটা স্বস্তি পেলেও মনের ভিতর এক চাপা ভয়। কোচিংটা বুঝবে তো? শহরের মেয়েরা অনেক এগিয়ে, তারা তো ইংরেজিতে কথা বলে, দামি জামাকাপড় পরে। কিন্তু মায়া জানে, তার সাথে আছে একটাই জিনিস, অদম্য ইচ্ছাশক্তি।

বিদেশ থেকেও ফারিস মায়াকে কখনো একমুহূর্তের জন্য বুঝতে দেয়নি সে দূরে আছে। প্রতিদিন ছয়-সাত ঘণ্টা ফোনে কানেক্ট থাকে তারা। কখনো কখনো রাত

পেরিয়ে ভোর হয়ে যেত তবুও কণ্ঠে ক্লান্তি আসতো না। একে অপরের নিশ্বাসের শব্দ গুনতে গুনতে পার করে দিতো রাতের পর রাত। এত দূরে থেকেও ফারিস কখনোই মায়াকে চোখের আড়াল করেনি যেন ওর কখনো একাকীত্ব অনুভব না হয়, যেন ফারিসের অনুপস্থিতিতে অন্য কারো সাথে নিজের দুঃখ ভাগাভাগি করতে না হয়।

একদিন ভোর চারটায় হঠাৎ মায়া ফোন করে ফারিসকে। গলায় তাড়াহুড়া, কাঁপন, আরেকটু ভয় নিয়ে বলে,

"ফারিস, জড়িয়ে ধরো! এখনই! প্লিজ!"

ফারিস আঁতকে উঠে ফোনের ওপাশ থেকে ভার্চুয়াল বুক মেলে দেয়, গলায় দরদ মিশিয়ে বলে, "কি হয়েছে? কাঁপছো কেন?"

মায়া কাঁপা গলায় বলে, "খারাপ একটা স্বপ্ন দেখেছি... খুব খারাপ। তোমার বুক চাই। এখনই চাই।"

সেই মুহূর্তে ফারিসের মনে হয় এই পৃথিবীতে তার চেয়ে সুখী মানুষ আর নেই। এত দূরে থেকেও এই ভয়ের মুহূর্তে মায়ার মনে পড়েছে কেবল একটিই আশ্রয়ের নাম, ফারিস। তার বুকই যেন একমাত্র নিরাপদ আশ্রয় যেখানে সব দুঃস্বপ্ন থেমে যায়, সব ভয়ের দাঁত ভোঁতা হয়ে পড়ে। এই অনুভবেই ফারিস বুঝে ফেলে, ভালোবাসা মানে শুধু হাসিমুখে পাশে থাকা নয়, বরং কারও ভেতরের ভয়েও নিজেকে সবচেয়ে নিরাপদ আশ্রয় করে তোলা।

ফারিস শুধু ভালোবাসতো না, আগলে রাখত। প্রতিটি পা ফেলার আগে সাবধানতা শেখাতো, বলতো, "রাস্তা পার হওয়ার সময় এদিক-ওদিক তাকিয়ে পার হবে, বৃষ্টির পর ভেজা গাছ বা গাছের ডাল ছুঁবে না, ক্লাস শেষে সরাসরি বাসায় ফিরবে।" স্কিন কেয়ারের নিয়মও বলে দিতো ঠিক সময়মতো, যেন দূর থেকেও তার হাত ছুঁয়ে দেয় মায়ার মুখ।

একদিন হঠাৎ বৃষ্টির ছায়ায় শহর বিদ্যুৎহীন হয়ে পরে, ইন্টারনেটও শেষ হয়ে যায়। রিচার্জ করতে বাহিরে যাবে সে সুযোগটুকুও নেই। মায়ার অস্থিরতা দূর থেকেই বুঝতে পারে ফারিস। ঠিক তখনই দূরদেশ থেকে ইন্টারনেট রিচার্জ করে দেয় যেন শব্দের সেতু ভেঙে না পড়ে।

একদিন মায়া কথায় কথায় বলে ফেলে, "জানো, আমি চাইলে সারাদিন শুধু আম খেয়ে থাকতে পারি, আম আমার ভীষণ পছন্দ।"

ফারিস হেসে বলে, "তাহলে পড়াশোনার কি হবে? এত আম খেলে শুধু ঘুম পাবে।"

তবুও আগ্রহ নিয়ে জানতে চায়, "কেমন আম ভালো লাগে তোমার?"

মায়া বলে, "হালকা হলুদ রঙের, মাঝারি সাইজের।"

সেই মুহূর্তে ফারিসের মনে হয়, দূরত্ব আর কিছুই নয়। তাই সে বিদেশ থেকে অনলাইনে অর্ডার করে দেয় এক বাক্স হালকা হলুদ মাঝারি সাইজের আম যা ঠিক দুদিন পর মায়ার দরজায় এসে পৌঁছায় ফারিসের ভালোবাসা হয়ে।

আম হাতে পেয়ে মায়া এতটাই খুশি হয় যে ফারিসকে মেসেজ লিখে, "জানো ফারিস, আমাকে তোমার মতো করে কেও বুঝে না। আমার বাবাকে বললে হয়তো সে আম কিনে দিতো, কিন্তু তুমি যেভাবে আমার জন্য আম কিনলে হালকা হলুদ ও মাঝারি সাইজের দেখে, হয়তো সে এভাবে আমার পছন্দটাকে গুরুত্ব দিতো না। তুমি আমার জন্য আম পাঠাওনি, পাঠিয়েছো এক কেস ভালোবাসা। আমি এই আমের প্রতিটি আটি সংরক্ষণ করে রেখেছি। যখন গ্রামে যাব আটিগুলো নিয়ে যাব এবং বাড়ির পেছনে রোপণ করব। যখন এই গাছে আম হবে তখন ভেবে নিব গাছে ঝুলে আছে তোমার দেয়া ভালোবাসা।"

ফারিস জানত, সে কাছে নেই, কিন্তু ভালোবাসার দায়িত্ব থেকে সে সরে যায়নি এক মুহূর্তের জন্যও। তাই মায়ার জন্য রুটিন বানিয়ে দেয়, কখন ঘুমাবে, কখন খাবে, কখন নিজের যত্ন নেবে, কতক্ষণ পড়বে। যেন দূর থেকেও সে মায়ার প্রতিটি নিঃশ্বাসে লেগে থাকে। এই সম্পর্ক শুধুই প্রেম ছিল না, ছিল এক গভীর অভিভাবকত্বের আদল, ছিল দূরত্বের ভিতরও ছুঁয়ে থাকা এক নীরব সংসার।

প্রথম দিন কোচিং সেন্টারে ঢোকার সময় মায়া একটু কুঁচকে গিয়েছিল। চারপাশে পাশ্চাত্য পোশাক পরা ছেলেমেয়ে, কেউ কেউ তাকাচ্ছেও কৌতূহলী চোখে। নতুন ক্লাসের প্রথম দিন। চারপাশে উচ্ছ্বাসের বন্যা। কেউ কারো নাম জিজ্ঞেস করছে, কেউ আবার পরিচয়ের আগে থেকেই যেন পুরনো বন্ধুর মতো হেসে উঠছে। ক্যামেরার ক্লিক ক্লিক শব্দে ভরে উঠছে ক্লাসরুম, সেলফির ভিড়ে মুখগুলো একসাথে ধরা পড়ছে নতুন বন্ধুত্বের ফ্রেমে। হাসি, কোলাহল আর চঞ্চলতার মাঝে যেন বাতাসও একটু দ্রুত বয়ে যায়। ঠিক তখনই সেই আনন্দময় দৃশ্যের প্রান্তে এক কোণে নিঃশব্দে বসে থাকে মায়া। তার চোখে কোনো উচ্ছ্বাস নেই, ঠোঁটে নেই কোনো আলাপচারিতা। সে নিজের ভেতরেই ডুবে থাকে নীরবে। আর এই নিঃশব্দতার মাঝে জানালার পাশে বসে থাকা আদিত্যর চোখ আটকে যায় মায়ার দিকে। ক্লাসের কোলাহলের ভেতর মায়ার এই একাকীত্ব যেন ঠিক আলাদা হয়ে ওঠে। ক্লাস শুরু হতেই মায়া হারিয়ে যায় বই, পেনসিল, নোটস আর ব্লাকবোর্ডের ভেতরে। আদিত্যর মনে হয়, মেয়েটির চোখে যেন এক সমুদ্র নীরবতা যার ঢেউ কোনো শব্দ ছাড়াই পৌঁছে যায় গভীরে, ঠিক তার হৃদয়ের গভীরে।

প্রথম ক্লাসের এক নিঃশব্দ দুপুরে, জানালার পাশের বেঞ্চ থেকে আদিত্য ছুড়ে দেয় ছোট্ট একটা চিরকুট, যেখানে লেখা ছিল, "তুমি কি সব সময় এত চুপচাপ থাকো, নাকি শুধু ক্লাসেই?"

মায়া পড়ে হালকা এক হাসি দেয়, উত্তর না দিয়েই। কিন্তু সেই হাসিই আদিত্যর দিনগুলো এলোমেলো করে দেয়।

ক্লাস শেষে নোট আদান-প্রদানের সময় প্রথম পরিচয় হয় আদিত্যর সঙ্গে। লম্বা, ছিমছাম ছেলেটি, গায়ে শহুরে ভদ্রতার ছাপ, মুখে সদা হাসি। মায়া প্রথমে একটু দ্বিধায় থাকলেও, ধীরে ধীরে তাদের কথাবার্তা বাড়ে। পড়াশোনার আলোচনা থেকে

শুরু করে চা খাওয়ার ছুতোয় একসাথে বসে থাকা। সবকিছুতেই একধরনের স্বস্তি খুঁজে পায় মায়া।

আদিত্য শহরের ছেলে হলেও অদ্ভুত এক আন্তরিকতা আছে তার মধ্যে। মায়ার গরিব ঘর, গ্রামীণ উচ্চারণ এসবের প্রতি কখনোই অবহেলা করেনি সে। বরং প্রশংসাই করেছে মায়ার মেধা, সংগ্রাম আর স্বপ্নের। দিনে দিনে মায়ার মনে একটা আলাদা জায়গা করে নেয় আদিত্য।

এরপর প্রতিদিন ক্লাসে বসে সে মায়ার দিকে তাকিয়ে থাকে। কখন সে চোখ তুলে, কখন খোঁপা ঠিক করে, বা পেনসিল কামড়ে ভাবনায় ডুবে যায়। একসময় এতটাই অন্য মনস্ক হয়ে যায় যে স্যারের প্রশ্নে উত্তর না দিয়ে তাকিয়ে থাকে মায়ার দিকেই। স্যার রেগে গিয়ে আদিত্যকে বলে,

"তুমি এখানে পড়তে এসেছো, না প্রেম করতে? বাইরে যাও, একঘণ্টা দাঁড়িয়ে থাকো!"

আদিত্য মাথা নিচু করে বের হয়ে যায়, তবে লজ্জায় নয়, মনে এক ধরনের আনন্দ নিয়ে। কারণ সে বুঝতে পারে, তার এই অন্যমনস্ক হওয়ার কারণ এখন আর কেবল মায়ার সৌন্দর্য নয়, বরং এক অজানা টান।

বাইরে দাঁড়িয়ে সে পুরো ক্লাসজুড়ে অপেক্ষা করে। ক্লাস শেষে সবাই বের হয়ে যায়, শেষদিকে আসে মায়া। আদিত্যের পাশে দাঁড়িয়ে একটু হেসে বলে, "তুমি কি সবসময় এভাবেই তাকিয়ে থাকো?"

আদিত্য মাথা নাড়িয়ে বলে, "তুমি আছো বলেই তো তাকিয়ে থাকি।"

মায়া এবার একটু গম্ভীর হয়, তবে গলায় ছিল মৃদু স্নেহের সুর, "শুধু আমার দিকে তাকিয়ে থাকলে হবে না। পড়াশোনায় মন দাও। আমি তাকানোর মানুষ না, পাশে হাঁটার মানুষ। সেটা বোঝার মতো হলে, তবেই তাকিও।"

মায়া জানে, এই সম্পর্কটা নিছক বন্ধুত্ব নয়। সে টের পায়, আদিত্যর চোখে তার জন্য আছে অন্য রকমের কিছু যা বন্ধুত্বের বাইরের এক অনুভূতি। কিন্তু মায়া চুপ থাকে। হয়তো নিজের কাছেই স্বীকার করতে ভয় পায় যে, তার মনেও আদিত্যর জন্য এক ধরণের দুর্বলতা জন্ম নিচ্ছে।

শহরের জীবনে কেটে গেছে কয়েকটা মাস। মায়া এখন অনেকটাই মানিয়ে নিয়েছে এই কোলাহলের সঙ্গে। কোচিং সেন্টার, লাইব্রেরি, ঘরে ফিরেই পড়া। এই একঘেয়ে রুটিনে ব্যস্ত থাকলেও মনের গভীরে কোথাও একটা শূন্যতা ঠিকই টের পায় সে। ফারিসের মেসেজ আসে মাঝেমধ্যে, কিন্তু ব্যস্ততা আর দূরত্বের মাঝে সেই মেসেজগুলো যেন হারিয়ে যাচ্ছে অনুভবের গভীরে।

বাসায় ফিরে রাতে চুপচাপ বসে মেসেজ লেখে ফারিসকে, "তুমি ভয় পেয়োনা, আমি পড়তে এসেছি, পাশ করবই, তুমি গর্ব করবে।"

এই শহর তার কাছে অজানা হলেও, মায়া জানে তার গন্তব্য ঠিক কোথায়। ঘামে, চোখের জলে, আর অদম্য সাহসে সে লিখে চলেছে নিজের ভাগ্যের নতুন অধ্যায়। শহর তার কাছে এখন আর ভয় নয়, এখন শহর মানেই সম্ভাবনা।

কখন যে পরীক্ষার প্রস্তুতির ক্লান্ত দুপুর পেরিয়ে রেজাল্টের দিন এসে হাজির, মায়া বুঝতেই পারেনি। চারদিকে টানটান উত্তেজনা, এক ধরণের শ্বাসরুদ্ধ করা প্রতীক্ষা। অবশেষে, সেই বহুল প্রতীক্ষিত ফলাফল প্রকাশ হলো। মায়া A+ পেয়েছে!

রেজাল্ট হাতে পেয়েই মায়ার চোখ জ্বলে উঠল আনন্দে। বহুদিনের পরিশ্রম, ঘুমহীন রাত আর অগণিত স্বপ্ন এক মুহূর্তে সত্যি হয়ে গেল। চারপাশে বন্ধুরা চিৎকার করে একে অপরকে জড়িয়ে ধরে খুশি প্রকাশ করছে। কিন্তু মায়ার মন ছুটে গেল এক জায়গায়, তার বাবা। কাঁপা হাতে সে মোবাইলটা বের করল, দ্রুত ডায়াল করল বাবার নম্বর। ফোনটা ধরতেই গলা কাঁপা কাঁপা স্বরে বলল, "বাবা, আমি A+ পেয়েছি!" ফোনের ওপার থেকে ভেসে এলো স্তব্ধতার পর এক নিঃশ্বাসে ভরা প্রশান্তি। এক গর্বিত বাবার নিঃশব্দ হাসি যেন মায়ার সাফল্যকে আরও পূর্ণ করে তুলল। সেই মুহূর্তে, সব কোলাহল পেছনে পড়ে গেল, আর মায়ার ছোট্ট পৃথিবীটা ভরে উঠল একটুখানি ভালোবাসা আর অনেকখানি স্বপ্নের আলোয়।

গ্রামের আকাশজুড়ে আনন্দের রঙ ছড়িয়ে পড়লো। যেন মেঘের ভেতর থেকেও রোদ হেসে উঠেছে। শুধু পরিবারের নয়, গোটা পাড়া-পড়শির মুখে গর্ব, চোখে আনন্দের জল। মায়ার সাফল্য যেন একটা বিজয়ের ঝাণ্ডা, যার নিচে দাঁড়িয়ে থাকে না বলা সব স্বপ্ন।

আর সেই মুহূর্তে, অন্য প্রান্তে নিভৃতে বসে ছিল আদিত্য। মনের অতল গহীনে কোথাও এক নিঃশব্দ ভালোবাসার নাম। নিজে A+ পায়নি তবুও তার মুখে ছিল প্রশান্তির ছায়া। কারণ মায়া পেয়েছে, সফল হয়েছে, এবং সেখানেই যেন তার নিজের আনন্দের কেন্দ্রবিন্দু। সে জানেই না, কবে থেকে মায়ার সাফল্যকে সে নিজের সাফল্য ভাবতে শুরু করেছে। কবে থেকে মায়ার হাসি তাকে ঘিরে রাখে, আর মায়ার কষ্ট তাকে ছুঁয়ে যায় অজান্তে।

রেজাল্টের আনন্দের দিনেই মায়ার জন্মদিন। একসাথে যেন দুটি উৎসব এসে মিশে গিয়েছে। সেই আনন্দের মধ্যেই আদিত্য এক অদ্ভুত সিদ্ধান্ত নেয়। সে মায়ার জন্য গিফট কিনে। প্রথমবারের মতো, একটি জিন্স প্যান্ট আর শার্ট।

পরদিন ক্লাসে সবাই যথারীতি নিজেদের মধ্যে মেতে থাকে, কিন্তু আদিত্যর চোখ খুঁজে বেড়ায় মায়াকে। একটু পর, মায়া ক্লাসরুমে ঢোকে, আজও একইরকম চুপচাপ। তখনই আদিত্য ধীরে ধীরে উঠে আসে তার দিকে, হাতে ছোট একটা বক্সে মোড়ানো গিফট আর একটা কেকের বক্স।

মায়ার সামনে গিফটটা বাড়িয়ে দেয় সে, সঙ্গে হালকা হাসি। মায়া চমকে ওঠে। চোখে-মুখে বিস্ময় আর দ্বিধা। কী করবে বুঝে ওঠে না। নেবে, না কি ফেরত দেবে? কারও সামনে এভাবে কেউ তাকে কিছু দেয়নি আগে। মুখে কিছু বলে না সে, শুধু চেয়ে থাকে গিফট আর কেকের দিকে।

আদিত্য একটু কণ্ঠ নিচু করে বলে, "জানি, একদিন দেরি হয়ে গেছে... যদি তোমার জন্মদিন একদিন আগেই জানতাম, তাহলে ঠিক সেদিনই দিতাম কেকটা। তাও... দেরিতে হলেও শুভ জন্মদিন।"

আদিত্যর আনা কেকটা প্রথমে অনেকের চোখেই পড়েনি, কিন্তু মায়ার সামনে সেটি রাখার পর ক্লাসের কোলাহলে এক ধরনের কৌতূহল ছড়িয়ে পড়ে। "কেক? জন্মদিন?" ফিসফাস শুরু হয় চারদিকে। কেউ একজন এগিয়ে এসে জিজ্ঞেস করে, "মায়া, আজ তোমার জন্মদিন ছিল নাকি?"

মায়া কিছু না বললেও তার লাজুক হাসি আর চুপ করে থাকা চোখ দুটিই যেন স্বীকার করে নেয়।

এক মুহূর্তে ক্লাসের পরিবেশ বদলে যায়। যে যার কাজ ফেলে কেকের চারপাশে জড়ো হয়। হইচইয়ের মাঝে কারও মুখে আওয়াজ ওঠে, "চলো সবাই মিলে ওর জন্মদিন সেলিব্রেট করি!" আর তাতেই শুরু হয় আয়োজন।

কেকের মোড়ক খোলা হয়, মায়ার দৃষ্টি তখন কেকের গায়ে থাকা লেখাটার দিকে চলে যায়,

"If only I had known a day earlier..."

ছুরির বদলে কেউ একটা প্লাস্টিকের স্কেল দিয়ে কেক কেটে ফেলার আইডিয়া দেয়, আর সেই হাস্যকর আয়োজনেই জমে ওঠে মুহূর্তটা।

সবাই একসাথে গলা মিলিয়ে বলে ওঠে,

"Happy Birthday to you, Maya "

মায়া চমকে ওঠে, তার জীবনে এমন মুহূর্ত আগে কখনো আসেনি যেখানে সে ছিল সব আয়োজনের কেন্দ্রবিন্দু, যেখানে চারপাশ তাকে ঘিরে আলোয় ভরে উঠেছে। তার চোখের কোণে জমে ওঠা অশ্রুর বিন্দু সে লুকাতে চেষ্টা করলেও, আদিত্য সেটা ঠিকই দেখে ফেলে। আর মায়া বুঝে যায়, এটা শুধুই একটা কেক নয়, জীবনে এই প্রথমবার সত্যিই সে অনুভব করছে, ভালোবাসা জিনিসটা কীভাবে ধীরে ধীরে ছুঁয়ে যায় নীরব হৃদয়কে।

বাসায় ফিরে মায়া অনেকক্ষণ তাকিয়ে ছিল উপহারের বক্সটার দিকে। বারবার মনে হচ্ছিল, খুলবে কি না। আদিত্যর দেওয়া জিনিস, সবার সামনে নিতে একটু দ্বিধায় থাকলেও এখন গিফটটা তার সামনে। শেষমেশ ধীরে ধীরে মোড়কটা খুলে সে। বক্স খুলতেই চোখ ছানাবড়া, ভেতরে ভাঁজ করা একটি জিন্স আর ছেলেদের মতো কাটিং দেওয়া হালকা পিংক শার্ট। এই প্রথম কেউ তাকে কিছু দিয়েছে, শুধু তার জন্য। তবে উপহারটি তার অভ্যাসের সঙ্গে যায় না। সে এখনো বোরকা পরে, হিজাবে মুখ ঢাকে, আর হেঁটে গেলে চোখ নিচু করে রাখে।

কিন্তু ঠিক তখনই চোখে পড়ে একটি ছোট্ট চিরকুট। সাদামাটা কাগজ, তবু অক্ষরগুলো যেন শব্দের চেয়ে বেশি কিছু বলে:

“কাল ক্লাসে এটা পরে এসো। শুধু একদিনের জন্য, আমি চাই তোমাকে অন্যরকমভাবে দেখতে। তোমার ভেতরের শক্তিটা একটু বাইরে আসুক।”

— আদিত্য

মায়ার চোখ কিছুক্ষণ ধরে চিরকুটটার উপর আটকে যায়। তার মুখে উঠে আসে এক অস্থির প্রশান্তির ছায়া। অস্বস্তি, কৌতূহল আর একটুখানি লুকোনো হাসি একসঙ্গে মিশে যায় মুখে।

সে বুঝতে পারে, বিষয়টা শুধু পোশাকের নয়। আদিত্য হয়তো তাকে তার স্বচ্ছন্দ বলয়ের বাইরে এনে একটু ‘নিজেকে’ খুঁজে পেতে সাহায্য করতে চায়।

সেই রাতে আয়নার সামনে দাঁড়িয়ে জিন্সটা গায়ে ধরার সাহস পায় না মায়া। ভেতরে ভেতরে কেঁপে ওঠে, দ্বিধায় পড়ে যায়। কিন্তু পরদিন দেখা যায়, সে আদিত্যের কথাই রেখেছে। হিজাব, বোরকা রেখে সে পরে এসেছে সেই জিন্স আর শার্ট। যেন সেই গ্রামীণ পাখিটা আজ প্রথমবারের মতো উড়াল দিল শহরের মুক্ত আকাশে। কোচিং সেন্টারের সামনে দাঁড়িয়ে সবাই তাকিয়ে থাকে তাকে দেখে। কেউ অবাক, কেউ ঈর্ষান্বিত, কেউ কৌতূহলী।

জিন্স আর হালকা পিংক শার্ট পরে কোচিং এর বাথরুমের আয়নার সামনে দাঁড়াতেই হঠাৎ থমকে দাঁড়ায় মায়া। মায়ার চোখে ভেসে উঠে বাবার ক্লান্ত মুখ। রোদে পোড়া গায়ের ঘাম, ফাঁকা পকেট, তবু ঈদের আগে বাজারে গিয়ে যত্ন করে বেছে আনা হিজাবটা। সেই হিজাব যার প্রান্তে ছিল মায়ার নিরাপত্তার স্পর্শ, বাবার নিঃশব্দ ভালোবাসা, আর বুকভরা গর্ব, "আমার মেয়ে নিজের শরীরটা ঢেকে রাখে, তাই তো আমি শান্তি পাই।"

কিন্তু আজ? আজ সেই হিজাব নেই। আজ মায়া জড়িয়ে নিয়েছে এক অপরের দেওয়া জিন্স আর শার্ট, পরেছে এক আধুনিক পরিচিতির মুখোশ। সামান্য এক উপহারের খাতিরে, একটুখানি মানিয়ে চলার চেষ্টায়, সে আজ খুলে ফেলেছে বাবার বিশ্বাসের একটি স্তর। ভেতরে ভেতরে কুঁকড়ে ওঠে তার মন। বাবার রক্ত-ঘাম ঝরানো টাকার ওই হিজাবটার ওজন যেন আচমকা অনেক ভারী হয়ে উঠে।

কিন্তু ঠিক তখনই মায়া চোখ তুলে তাকায় আয়নায়। নিজের প্রতিচ্ছবিকে দেখে চুপচাপ ভাবে, পরিবর্তন কি সব সময় বিশ্বাসভঙ্গ? না, পরিবর্তন মানেই বেড়িয়ে আসা, নতুন কিছু বোঝা, নিজের ভিতরটাকে নতুন করে আবিষ্কার করা। সে ঘুরে দাঁড়ায়। চোখে জল নেই, শুধু উপলব্ধির স্বচ্ছতা। হিজাব ছুড়ে ফেলা মানেই হয়তো বিশ্বাস হারানো নয়। হতে পারে, তা এক নতুন পথের শুরু, যেখানে নিজের অবস্থানটা খুঁজে নিতে একটু সময়, একটু দ্বন্দ্ব, আর একটু অপরাধবোধও দরকার হয়। মায়া এখন বুঝতে পারে পরিবর্তন শুধু পোশাকে নয়, মনের গভীরেও এসেছে। এ পোশাক শুধু আধুনিকতার নয়, সাহসের প্রতীকও। সে নিজেই জানে না, এই পোশাক তাকে কতখানি বদলে দিয়েছে।

জিন্স ও শার্ট পরা মায়াকে দেখে আদিত্য মুচকি হেসে বলে, “এই তো, শহরের মেয়ে হয়ে গেছো!”

মায়া হেসে ফেলে। সেই হাসির আড়ালে থাকে চাপা এক দীর্ঘশ্বাস। কারণ সে জানে, এই পরিবর্তন তার নিজের ইচ্ছায় নয়, বরং এক রকম বাধ্যতার ছায়া।

আজ শহুরে সাজে মায়া কেবল একজন মেয়ে নয়, সে এক প্রতীক। পরিবর্তনের প্রতীক। হাজারো মেয়ের কণ্ঠরোধের মাঝেও উচ্চারিত এক কণ্ঠস্বর। হয়তো এই রঙিন পোশাক তার সত্যিকারের স্বপ্ন নয়, কিন্তু স্বপ্নের পথে এগিয়ে যাওয়ার এক প্রাথমিক সেতু। মায়া জানে না ভবিষ্যৎ কেমন, কিন্তু সে জানে, তাকে এগোতেই হবে।

আর আদিত্য? সে দাঁড়িয়ে থাকে মায়ার সেই সাহসী পদক্ষেপের পাশে। তার চোখে মায়া শুধুই মেয়ে নয়, এক চলমান যোদ্ধা। এবং তার হাত ধরে মায়া যদি হাঁটে, তবে সে নিশ্চিত, একদিন সে আকাশ ছুঁবেই।

কোন এক বিকেলে, কোচিং শেষে চায়ের দোকানে বসে আদিত্য ধীরে ধীরে বলে, "তুই জানিস? তোর সঙ্গে সময় কাটালে আমি সব টেনশন ভুলে যাই। আমি তোকে...ভালোবাসি মায়া।"

মায়া চমকে ওঠে। কিছুক্ষণ চুপ করে চোখ নামিয়ে থাকে, তারপর ধীরে ধীরে বলে, "আমি জানতাম... কিন্তু আমি..." বাক্যটা শেষ করতে পারে না। হঠাৎ করেই শহরের ব্যস্ততা, আলোর ঝলকানি, নতুন মানুষদের মাঝে সে যেন ভুলেই গিয়েছে সে একজন বিবাহিত নারী। ফারিসের স্ত্রী, যার জন্য কেউ একদিন কাঁদতে কাঁদতে দেশের বাইরে গিয়েছিল ভবিষ্যতের সন্ধানে।

কিন্তু সেই গ্রাম, সেই কুঁড়ে ঘর, ফারিসের কোমল চোখ, তার প্রতিজ্ঞার শব্দ সবকিছুই যেন শহরের এই ব্যস্ত জীবনে ধীরে ধীরে ফিকে হয়ে গেছে মায়ার মনে।

অন্যদিকে, আদিত্যর সঙ্গে কাটানো সময়, শহুরে ভালোবাসার সহজ প্রকাশ, একটুখানি স্বাধীনতা। সব মায়ার কাছে এক নতুন জীবনের স্বাদ এনে দেয়। নিজেকে অনেক বোঝানোর পরে শেষ পর্যন্ত মায়াও মাথা নাড়ে, চোখে জল নিয়ে ফিসফিস করে বলে দেয়, "আমিও তোকে ভালোবাসি।"

মায়া জানে, সে ভুল করছে। জানে, তার জীবনটা এক অন্যরকম প্রতিশ্রুতির ভেতরে বাঁধা। কিন্তু জানে না কীভাবে বেরিয়ে আসবে ভালোবাসার এই মায়াজাল থেকে। আদিত্য এখন তার জীবনের এক গুরুত্বপূর্ণ অংশ। তাকে হারানো মানে আবার সেই একা পথ চলা, আবার সেই শূন্যতা।

মায়া আর আদিত্যর সম্পর্ক গাঢ় হতে থাকে। প্রতিদিনের দেখা, পড়ার ফাঁকে গল্প, রিকশায় চেপে শহরের অলিগলি ঘোরা। সবকিছুই যেন একটা নতুন জীবনের স্বাদ এনে দেয় মায়াকে। কিন্তু সময় কখনোই সব ভুলে থাকে না। যে সত্যকে সে পিছনে ফেলে এসেছে, তা আবার ধীরে ধীরে মাথা চাড়া দিয়ে ওঠে।

মায়া কি পারবে এই সম্পর্ক ধরে রাখতে? নাকি মুখোমুখি হবে নিজের ভুলের? তার হৃদয়ের টানাপোড়েন, আত্মগ্লানি, আর শহুরে ভালোবাসার ফাঁদে আটকে পড়া জীবনের এই অধ্যায় এক ভয়াবহ মোড়ের দিকে এগোচ্ছে। যার উত্তর এখনো অজানা।

৪

শহরের কংক্রিটের ভীরে এখনও শীত আসে নি। ভর্তি পরীক্ষার দিনগুলো একটার পর একটা গড়িয়ে যায়। দিন রাত পরিশ্রম, অনুশীলন, অধ্যবসায় সব একজোট হয়ে মায়াকে নিয়ে যায় তার স্বপ্নের দোরগোড়ায়। অবশেষে সেই কাঙ্ক্ষিত দিন আসে। আজ তার ভর্তি পরীক্ষা। বোনের হাসবেন্ড তাকে নিয়ে এসেছে ঢাকা মেডিক্যালের পরীক্ষাকেন্দ্র পর্যন্ত, বারবার বুঝিয়ে দিচ্ছে কোন গেট দিয়ে ঢুকতে হবে, কোথায় দাঁড়াতে হবে। কিন্তু মায়া তখন যেন একাই দাঁড়িয়ে এক অপার বিস্ময়ের মুখোমুখি হয়ে। তার চোখে তখন শুধুই ভবিষ্যতের একটা রেখা, আর হৃদয়ের গভীরে চলমান এক প্রতিজ্ঞা, এই পরীক্ষাই তার নতুন জীবন শুরু করার প্রথম ধাপ।

এভাবে একে একে মায়া পরীক্ষা দিতে থাকে। প্রথমে ঢাকা মেডিক্যালে, তারপর ঢাকা বিশ্ববিদ্যালয়ে, এরপর জগন্নাথ, আর সব শেষে জাহাঙ্গীরনগরে। প্রতিটা পরীক্ষা যেন ছিল একেকটা যুদ্ধ, আর মায়া ছিল যোদ্ধা, যে নিজের স্বপ্ন আর আত্মবিশ্বাসকে ঢাল করে এগিয়ে যাচ্ছিল। মেডিক্যাল পরীক্ষার দিন ভোরবেলা ঘুম থেকে উঠার পর বাবার মুখটা ভেসে উঠে তার চোখে। ঢাকা বিশ্ববিদ্যালয়ের পরীক্ষার দিন সে দেখেছিল লাখো মানুষের ঢল, অগণিত মুখ, যাদের প্রত্যেকের চোখে আলাদা স্বপ্ন, আলাদা গল্প। জগন্নাথের প্রশ্ন একটু ভিন্ন ছিল, সময় কম, তবুও মায়া ভেঙে পড়েনি। আবার জাহাঙ্গীরনগরের ক্যাম্পাসে হেঁটে যাওয়ার সময়, শীতের রোদে তার মনে হচ্ছিল এখানে চান্স হলেও খারাপ হয় না। গাছের ছায়ায় শুরু হতে পারে নতুন গল্প, ভবিষ্যতের নতুন অধ্যায়। একেকটা হলে ঢোকার সময় তার বুকের ভেতর কাঁপত, কিন্তু বেরোনোর সময় থাকত একরাশ নিশ্চিন্ত প্রশান্তি। সে চেষ্টা করেছে, মন দিয়ে, সাহস নিয়ে। এই পরিশ্রমের পথেই তো স্বপ্নেরা বেঁচে থাকে।

কয়েকদিন পর একে একে প্রকাশ পেতে শুরু করে ভর্তি পরীক্ষার ফলাফল। মায়ার মন ছিল অদ্ভুত এক উদ্বেগে ভরা। প্রতিটি রেজাল্টের আগের রাত কাটে নিঃশ্বাস আটকে রাখা অপেক্ষায়। মেডিকেলের ফলাফল আসতেই প্রথমে চুপচাপ হয়ে যায় সে। তালিকায় নাম নেই। চারদিকে উৎসাহ দেওয়ার মতো শব্দ থাকলেও মায়ার মনে তখন একটা নিঃশব্দ ধাক্কা। মেডিক্যাল ছিল তার একান্ত ইচ্ছার জায়গা, বাবার স্বপ্নও। কিছুক্ষণ নির্বাক বসে থাকার পর সে নিজেই নিজেকে বোঝায়, সব শেষ হয়ে যায়নি।

তারপর আসে ঢাকা বিশ্ববিদ্যালয়ের ফলাফল। সেই পরিচিত ওয়েবসাইট, রোল নাম্বার টাইপ করার পর 'Congratulations' শব্দটা ভেসে ওঠে স্ক্রিনে। মায়ার চান্স হয় ক ইউনিটে। কিছুক্ষণ যেন কিছু বোঝার শক্তি হারিয়ে ফেলে মায়া। তারপর ধীরে ধীরে হৃদয়ে ঢেউ খেলে যায় সফলতার, চেষ্টার।

সে জানে, এই সুযোগও ছোট নয়। এই শহর, এই বিশ্ববিদ্যালয় তার নতুন যাত্রার নাম। চোখে জল আসে, কিন্তু সেটা এখন আর দুঃখের নয় বরং নতুন একটা জীবনের দ্বারপ্রান্তে দাঁড়িয়ে থাকা এক লড়াকু মেয়ের অশ্রু, যে হার মেনে নেয় না।

মায়ার ঢাকা বিশ্ববিদ্যালয়ে চান্স পাওয়ার খবর তার পুরো গ্রামে ছড়িয়ে পরে। গ্রামের মানুষ, আত্মীয়স্বজন, এমনকি কোচিং সেন্টারের শিক্ষকরাও অবাক হয়ে প্রশংসা করে মেয়েটির। সবাই বলে, "এত কষ্ট করে যে পড়েছে, ওর তো হতেই হতো।"

মায়ার গ্রামের বাড়িতে ছড়িয়ে পড়ে আনন্দের উচ্ছ্বাস। সবচেয়ে বেশি খুশি হন তার বাবা। যেদিন মায়া বই হাতে নিয়েছিল, সেদিন থেকে বাবার চোখে প্রতিদিন বাড়তে থাকা সেই গর্ব আজ যেন পূর্ণতা পেল। খবরটা শোনার পর তিনি চুপচাপ বসে থাকেন কিছুক্ষণ, তারপর চোখে অশ্রু নিয়ে বলেন, "আমার মেয়েটা পেরেছে।"

সেদিন সারাদিন মায়ার ফোনে একের পর এক আসতে থাকে কল, আত্মীয়-স্বজনের অভিনন্দন, বন্ধুবান্ধবের শুভেচ্ছা। সে আজ আনন্দে বিভোর। স্বপ্নের এতটা কাছে এসে যেন নিজেকেই বিশ্বাস হচ্ছে না।

তবে এই উচ্ছ্বাসের ভেতরে, সে খেয়ালই করে নি, ফারিসকে তো এখনো জানানো হয়নি! যে ছেলেটি পরীক্ষার আগের রাতে শুধু একটা মেসেজ দিয়ে বলেছিল, "তুমি পারবে," সেই ফারিস... যে মায়ার প্রতিটা সাফল্যে নীরব সঙ্গী হয়ে থেকেছে। তাকে খবরটা জানাতেই ভুলে গেছে মায়া। মায়ার চোখে তখন ফারিসের মুখ। সে ভাবতে থাকে, ফারিস যদি পাশে থাকতো, যদি নিজ চোখে দেখতে পারতো তার সাফল্যটা, তাহলে কতটা খুশি হতো।

আরেকদিকে আদিত্য! যে মায়ার শহুরে জীবনের প্রথম ভালোবাসা, সেই জায়গাটা যেন হঠাৎ ফাঁকা হয়ে যায়। আদিত্য চান্স পায়নি বিশ্ববিদ্যালয়ে। সে ভর্তি হয় একটি প্রাইভেট বিশ্ববিদ্যালয়ের আইন বিভাগে, আর মায়া চলে যায় ঢাকা বিশ্ববিদ্যালয়ের বড় ক্যাম্পাসে, এক নতুন পৃথিবীতে।

ঢাকা বিশ্ববিদ্যালয়ে ভর্তির পর, সবকিছু স্বপ্নের মতো লাগছিল মায়ার কাছে। নতুন ক্যাম্পাস, নতুন পরিচিতি, নতুন জীবন। কিন্তু সেই স্বপ্নে প্রথম ধাক্কা আসে হলের সিট নিয়ে। নিয়ম অনুযায়ী অন-কোটা অভ্যর্থনা হলেও, তার নিজের নামে কোনো নির্দিষ্ট সিট তখনো বরাদ্দ হয়নি। শেষমেশ ঠাঁই হয় গণহলের এক বিশাল পুরনো ঘরে। যেখানে একসাথে থাকেন প্রায় ৩০ জন ছাত্রী। ঘরটা যেন এক জীবন্ত কোলাহল। কেউ বই খুলে পড়ে, কেউ মোবাইলের আলোয় মুখ ডুবিয়ে রাত পার করে, কেউ কারো সাথে ঝগড়া করছে আবার কেউ গিটার বাজিয়ে গান ধরছে।

মায়া অভ্যস্ত ছিল নিজের মতো একা থাকার জায়গায়। আত্মীয়র বাসায় বিশাল একটা রুমে আয়েশ করে থাকা মেয়েটি হঠাৎই এসে দাঁড়ায় এই ছোট্ট কোনে, যেখানে তার ব্যাগ রাখার জায়গাও ভাগাভাগি করে নিতে হয়। বিছানা নেই, শুধু এক টুকরো চটের মতো ম্যাট, বালিশ আর একটা পাতলা কম্বল, যেখানে ঘুমানোর নাম করে আসলে সে শুধু শুয়ে থাকে, চোখের পাতার নিচে ঢেউ খেলে যায় পুরোনো অভ্যাসগুলোর।

প্রথম কয়েকদিন যেন এক অচেনা যুদ্ধ, নিদ্রাহীন রাত, টয়লেটের লাইনে দাঁড়িয়ে থাকা, ঠাণ্ডা পানিতে গোসল, শোরগোলের মাঝে পড়াশোনায় মন না বসা সব

মিলিয়ে এই বিশৃঙ্খলার মাঝেও ধীরে ধীরে মায়া টের পায় এই নতুন পৃথিবী এক অন্যরকম স্বাধীনতার নাম। এখানে কেউ কিছু দিয়ে দয়া দেখায় না, সবাই লড়েই বাঁচে। মায়াও শিখে যায় লড়াই করতে, নিজের জায়গা জোগাড় করতে, নিজের মতো করে থাকতে।

রুমমেটদের কারো সাথে গল্পে গল্পে জমে ওঠে বন্ধুত্ব, কারো কাঁধে ভর করে কাটে মন খারাপের মুহূর্ত। কেউ তাকে চুপচাপ এক কোণায় বসে থাকতে দেখে পাশে এসে জিজ্ঞেস করে, "চল ক্যান্টিন থেকে চা খেয়ে আসি?"

এমন ছোট ছোট মুহূর্তগুলোই ধীরে ধীরে মায়ার ভেতরের ভয়গুলো গলিয়ে দেয়। এখন সে জানে, হল মানে শুধু ঘুমানোর জায়গা নয়, এটা এক জীবন্ত পাঠশালা, যেখানে মানুষ তৈরি হয় নতুন করে। এই হলই এখন তার নতুন আশ্রয়, নতুন পরিবার।

নতুন পরিবেশ, নতুন ব্যস্ততা আর প্রতিদিনের লড়াইয়ে ধীরে ধীরে বদলে যাচ্ছিল মায়ার পৃথিবী। বিশ্ববিদ্যালয়ের ক্লাস, পড়াশোনা, গণহলের ভিড়, লাইব্রেরির নীরবতা, ক্যান্টিনের চায়ের কাপ সব কিছুতেই মায়া নিজেকে একটু একটু করে মিশিয়ে নিচ্ছিল। প্রথমদিকে কিছুটা হকচকিয়ে গেলেও এখন সে অভ্যস্ত হয়ে গেছে এই কোলাহলের মাঝে।

এই নতুন জীবনে, অবচেতনে কোথায় যেন ফিকে হয়ে গেছে একটি পরিচিত মুখ, আদিত্য। যে ছেলেটা একদিন মায়ার নীরবতায় ছায়া খুঁজে পেয়েছিল, যে জন্মদিনে কেক আর গিফট নিয়ে দাঁড়িয়েছিল সবার সামনে, সে এখন যেন এক বিস্মৃত স্মৃতি হয়ে আছে মায়ার হৃদয়ের কোনে।

প্রথমদিকে তারা চেষ্টা করে যোগাযোগ রাখতে। ফোনে কথা হতো, মাঝে মাঝে হতো দেখাও। কিন্তু সেই আগের মতো আর হয়ে ওঠে না কিছুই। মায়ার ক্লাস, নতুন বন্ধু, হল জীবন সবকিছু মিলিয়ে ব্যস্ততা বাড়তে থাকে। আর আদিত্য? তার মধ্যে একধরনের হীনমন্যতা কাজ করতে থাকে। সে টের পায়, মায়া আর আগের মতো নেই। সে যেন দূরে সরে যাচ্ছে ধীরে ধীরে, সেই চোখের চাহনি, সেই উষ্ণতা আর নেই।

কয়েক মাস পর, যোগাযোগ একেবারেই বন্ধ হয়ে যায়। মায়া চায়নি, কিন্তু হয়েই যায়।

ঢাকা বিশ্ববিদ্যালয়ের ক্যাম্পাসে নতুন করে শুরু হয় মায়ার আরেক অধ্যায়। বিশাল প্রাঙ্গণ, হাজারো মুখ, আড্ডা, ক্লাস, সেমিনার, প্রেজেন্টেশন সব মিলে অন্যরকম এক জীবন। প্রথমদিকে মায়া একটু কুঁচকে থাকলেও ধীরে ধীরে সে খাপ খাইয়ে নেয় তার এই নতুন পৃথিবীতে, নিজের মতো করে।

বিশ্ববিদ্যালয়ে ভর্তি হওয়ার পর ধীরে ধীরে মায়ার ভেতর এক নতুন জাগরণ ঘটে। নতুন মানুষ, নতুন চিন্তা, নতুন স্বপ্ন সব মিলিয়ে সে আবিষ্কার করে এক ভিন্ন পৃথিবী, যেখানে আত্মবিশ্বাসী, মেধাবী মানুষেরা নিজেদের গল্প গড়ে চলে। বইয়ের পাতার বাইরে, মানুষের ভেতরের গল্পগুলো পড়তে পড়তে ধীরে ধীরে তার মনে প্রশ্ন জাগে ফারিস কি সত্যিই তার জন্য উপযুক্ত ছিল? মায়া ভাবতে থাকে যে মানুষকে সে

নিজের স্বামী হিসেবে বন্ধুমহলে পরিচয় করিয়ে দিতে দ্বিধা বোধ করবে, সে কি আদৌ তার জীবনসঙ্গী হবার যোগ্য? হয়তো পরিস্থিতি তাকে বিয়ের সিদ্ধান্ত নিতে বাধ্য করেছিল, কিন্তু এখন সে বুঝতে শিখেছে যোগ্যতার মানে। হাজারো মেধাবী, আত্মবিশ্বাসী, পরিপক্ক মানুষের মাঝখানে দাঁড়িয়ে মায়ার মনে হয়, তার জীবনের জন্য সে আরও ভালো কিছু ডিজার্ভ করে। ফারিস ছিল কেবল একটা তাড়াহুড়ো করা ভুল সিদ্ধান্ত মাত্র, এর বাহিরে কিছু নয়।

একদিন ক্লাস শেষে ক্যাম্পাসের করিডোর ধরে হাঁটছিল মায়া। গ্রীষ্মের দুপুর, ক্লাসের বোঝা আর ঘুমঘোর চোখে সে লাইব্রেরির দিকে যাচ্ছিল। হাতে ছিল কিছু পুরোনো নোট, যা এক সহপাঠীর কাছে পৌঁছে দিতে হবে। ঠিক তখনই পেছন থেকে একজন একটু দ্বিধা মেশানো কণ্ঠে ডেকে বলল, "এই... তুমি মায়া, না?"

মায়া একটু থেমে তাকায়।

ছেলেটির মুখে ভদ্রতা, চোখে এক কোমল কৌতূহল। "আমি নাদিম," সে নিজেই পরিচয় দেয়, "আমাদের কোর্স একসাথেই চলছে... তুমি দারুণ নোট তৈরি করো, শুনেছি। ভাবলাম যদি পেয়ে যেতাম..."

নাদিমের কথা বলার ধরনে ছিল বিনয়ের ছাপ। মায়া ব্যাগ থেকে নোট বের করে এগিয়ে দেয়, "এই অংশটা চাইছিলে?"

নাদিম হালকা হেসে নোট নেয় মায়ার থেকে, বলে, "তোমার হাতের লেখা বেশ গোছানো... তুমি কি প্রতিদিন নোট লেখো?"

একটা হালকা হাসি খেলে যায় মায়ার মুখে। অনেকদিন পর কেউ তার লেখালেখির প্রশংসা করল। কথার শুরুটা ছিল শুধু নোট আদান-প্রদানে, কিন্তু সেদিন বিকেলটা শেষ হয় দু'জনের লাইব্রেরির সিঁড়িতে বসে ছোট ছোট কথা বলায়। কোর্স, ক্লাস, ক্যান্টিন, গণহল, আর এই বিশাল শহরের মাঝে টিকে থাকার গল্পে।

সেই দিনটাই হয়তো ছিল এক নতুন বন্ধুত্বের সূচনা। নাদিম সেই নোট এমনভাবে নিয়ে যায় যেন কোনো মূল্যবান জিনিস নিয়ে যাচ্ছে। পরদিন ফেরত দেয় সময়মতো, নোটবইয়ের পাতার ফাঁকে রেখে যায় ছোট্ট একটি চকলেট। মায়া অবাক হয়, কিন্তু কিছু বলে না। চোখে মুখে খেলে যায় এক চিলতে হাসি।

এরপর থেকে যতোবারই দেখা হয় ততোবারই নাদিম নোট চায়। প্রত্যেকবার নোট ফেরত দেয়ার সময় রেখে যায় চকলেট, সাথে বেলি ফুল। নোট ছিল অজুহাত মাত্র, সেই কাগজের ভিতর দিয়েই শুরু হয় নতুন গল্পের সূচনা। ধীরে ধীরে গড়ে ওঠে বন্ধুত্ব। নাদিমের সাথে কথা বলতে বলতে মায়া নিজের ছোটবেলার কষ্ট, নিজের সংগ্রাম, ফারিস-আদিত্য সব ভুলে যেতে থাকে। মায়ার হাসি, কান্না, ক্লান্তি সবকিছুর সঙ্গী হয়ে উঠে নাদিম। সময়ের সঙ্গে সঙ্গে মায়ার মনেও গড়ে ওঠে এক অদ্ভুত টান। এই ছেলেটির পাশে থাকলেই কেন যেন জীবনটা সহজ মনে হয়।

৫

দেখতে দেখতে একুশে ফেব্রুয়ারি চলে আসে। একটা দিন, যেটা ক্যালেন্ডারে মাত্র একটি তারিখ হলেও ইতিহাসের বুকে তার ওজন যেন অসীম। সেদিন ভোরবেলা, শহর তখনো কুয়াশায় মোড়ানো। ঢাকার আকাশে আজ শুধু স্মৃতির ছায়া আর বেদনাভেজা বাতাস। ঢাকা বিশ্ববিদ্যালয় যেন একদিনের জন্য হয়ে উঠে ভাষার ইতিহাসের জীবন্ত প্রেক্ষাপট। চারুকলার দেয়াল যেন কথা বলতে শুরু করে রঙে, তুলিতে আর বর্ণমালায় লেখা প্রতিবাদে। ঠিক এমন এক ভোরে নাদিম আর মায়া বেরিয়ে পড়ে শহীদ মিনারের উদ্দেশ্যে, নীরবে, শ্রদ্ধায়, ভালোবাসায়। দুজনেই কালো পোশাকে। নাদিম পরেছে কালো পাঞ্জাবি, চোখে একধরনের গম্ভীরতা আর শান্ত ভাব। মায়া পরেছে কালো শাড়ি, মুখে মলিন অথচ দৃঢ় এক অভিব্যক্তি। তার হাতে ধরা একগুচ্ছ কালো গোলাপ যেন সময়ের কাছে মুচকি হাসি দিয়ে শহীদদের শ্রদ্ধা জানাতে চলেছে।

রাস্তায় হাঁটতে হাঁটতে তারা কারো সঙ্গে কথা বলে না, শুধু হাঁটে পাশাপাশি, যেন দুই ছায়া এক সাথে এগিয়ে যাচ্ছে অতীতের স্মৃতিস্তম্ভের দিকে। শহীদ মিনারে পৌঁছেই তারা কিছুক্ষণ চুপচাপ দাঁড়িয়ে থাকে। কোনো কথা নেই, কোনো প্রশ্ন নেই, শুধু নিঃশব্দ শ্রদ্ধা। মায়া ফুলগুলো রেখে আসে মিনারের বেদিতে, ধীরে, মমতায়। নাদিম একটু পেছনে দাঁড়িয়ে তার এই মুহূর্তটাকে দেখে, যেন চোখের ভেতর দিয়ে চিরকাল মনে গেঁথে রাখতে চায়।

তারপর তারা ধীরে ধীরে হাঁটতে থাকে বিশ্ববিদ্যালয় চত্বরের দিকে। পথিমধ্যে গাছে গাছে ছোট ছোট পতাকা, দেয়ালে দেয়ালে ভাষাশহীদদের ছবি, আর কণ্ঠে ভেসে আসে পুরোনো সেই গান,

"আমার ভাইয়ের রক্তে রাঙানো একুশে ফেব্রুয়ারি...আমি কি ভুলিতে পারি?"

মায়ার চোখে এক ফোঁটা জল, নাদিম অদৃশ্যভাবে তার পাশে আরো কাছে এসে দাঁড়ায়। টিএসসির এক কোনায় বসে তারা কিছুক্ষণ গল্প করে। কথার মাঝেই উঠে আসে মাতৃভাষার ইতিহাস, সংগ্রামের আখ্যান, আর তাদের নিজ নিজ স্বপ্ন। একটা ভাষার জন্য লড়াই থেকে শুরু করে নিজের স্বপ্নের জন্য দাঁড়িয়ে যাওয়া পর্যন্ত।

সেদিন একুশে ফেব্রুয়ারি শুধু শহীদদের প্রতি শ্রদ্ধা জানানো নয়, নাদিম আর মায়ার জন্য হয়ে উঠেছিল আত্মিক সংযোগের দিন। যে সংযোগ ভাষার চেয়েও গভীর, নিঃশব্দ, ধীরে গড়া, অথচ অপরাহ্নের আলোয় স্পষ্ট।

তাদের হাতে ধরা গোলাপ শুধু শহীদদের জন্য নয়, ছিল একে অপরের প্রতিও এক নিঃশব্দ অঙ্গীকার। ভালোবাসা, প্রতিবাদ, ইতিহাস সব মিলিয়ে তারা হয়ে উঠেছিল দুটি জীবন্ত চিহ্ন, যারা ভাষার মতোই অদৃশ্য অথচ অপরিহার্য।

একুশে ফেব্রুয়ারির আবেগমাখা সকাল গড়িয়ে ধীরে ধীরে দুপুর আসে। শহীদ মিনারে শ্রদ্ধা জানিয়ে নাদিম আর মায়া বেরিয়ে পড়ে বইমেলার দিকে। ধুলোমলিন

শহরের রঙ যেন বইয়ের পাতায় জীবন্ত হয়ে উঠেছে। পথের মোড়ে মোড়ে জাতীয় পতাকার রঙ, হাতে হাতে ফুল, বুকের গভীরে ভাষার প্রতি অমোচনীয় ভালোবাসা।

নাদিম ঘুরে ঘুরে মায়ার জন্য মুক্তিযুদ্ধ নিয়ে কয়েকটি বই খুঁজে বের করে। মায়া বইগুলোর নাম দেখে চোখ বড় বড় করে বলে, "তুমি জানলে কী করে এগুলো আমার প্রিয়?"

নাদিম মুচকি হেসে বলে, "ভালোবাসা মানেই তো জেনে যাওয়া... না জেনেও জেনে ফেলা।"

মায়ার গালে লাজের আভা। সময় যেন কিছুক্ষণের জন্য স্থির হয়ে যায় তাদের দুজনের মাঝখানে।

বইমেলার প্রাণচঞ্চলতা ছুঁয়ে যখন ক্লান্ত বিকেল নেমে আসে, তখনই এক কোণায় চোখ আটকে যায় নাদিমের। পিচঢালা পথের ধারে বসে আছে এক ক্ষীণদেহী পথশিশু। চোখে ধুলোর মতো স্বপ্ন, হাতে কুঁচকে যাওয়া কাগজ আর কচি ফুলে গাঁথা কিছু মুকুট। ঠিক যেন প্রকৃতি নিজেই নিজের ভালবাসা দিয়ে বুনে দিয়েছে প্রতিটি পাঁপড়ি। রোদে বিবর্ণ হয়ে যাওয়া শিশুর মুখে তবুও এক চিলতে হাসি, যেন আশার শেষ প্রদীপটুকু এখনো জ্বলছে।

নাদিম ঝুঁকে পড়ে। ফুলে গাঁথা এক মুকুট তুলে নেয়। সে জানে, এই মুকুট তার ভালোবাসার এক অনুচ্চারিত প্রতীক। দাম জিজ্ঞেস না করেই সে কিছু টাকা বাড়িয়ে দেয় ছেলেটির দিকে। পথশিশুটি বিস্মিত হয়ে তাকায়, যেন প্রথমবার কারো চোখে নিজের শ্রমের মূল্য খুঁজে পেয়েছে।

মায়া তখনও বইয়ের পাতা উল্টাচ্ছে। হঠাৎ নাদিমের ছায়া পড়তেই সে মুখ তুলে। চোখে বিস্ময়, ঠোঁটে একটুখানি জিজ্ঞাসু হাসি। কিছু না বলেই নাদিম ধীরে ধীরে মুকুটটি মায়ার মাথায় পরিয়ে দেয়। মুহূর্তেই যেন চারপাশ নিস্তব্ধ হয়ে আসে। শব্দহীন সেই অভিব্যক্তির মধ্যে ছিল নিখাদ অনুভব, ছিল ভাষাহীন কবিতা। মায়া চমকে ওঠে, কিন্তু কিছুই বলে না। বরং অজান্তেই চোখের কোণে কিছু অদৃশ্য আবেগ জমে ওঠে।

তারা সারাদিন ঘুরে ঘুরে বই দেখে, পছন্দের লেখকের কাছে গিয়ে অটোগ্রাফ নেয়, স্টলে স্টলে দাঁড়িয়ে গল্প করে, কখনো চুপ করে পাশাপাশি হাঁটে। এই চুপচাপ সময়ই যেন তাদের মধ্যে সবচেয়ে গভীর কথা বলে।

সন্ধ্যা নামার আগেই মেলার বাইরে এসে বসে পড়ল টিএসসির এক কোণে। বাতাসে তখনও বইয়ের পাতার গন্ধ আর চায়ের কাপে লেগে থাকা গল্পের ছোঁয়া।

নাদিম এক মুহূর্তে মায়ার দিকে তাকিয়ে বলে, "আজ একটা কথা বলতে চাচ্ছি..."

মায়া অবাক চোখে তাকায়, নাদিমের কণ্ঠ একটু কাঁপছে। কিন্তু পরক্ষণেই সে থেমে যায়। দীর্ঘ নিঃশ্বাস ফেলে বলে, "না... আজ প্রেম নয়, শ্রদ্ধা আর বেদনার দিন। আজ শুধু ভাষার জন্য।"

৬

একদিন মায়া হঠাৎ করেই জ্বরে প্রচণ্ড অসুস্থ হয়ে পড়ে। জ্বর এতটাই তীব্র ছিল যে কারো ফোন ধরার শক্তিটুকুও ছিল না। নাদিমের ফোন বেজে চলছিল একটানা, মায়ার নাম্বার বারবার ডায়াল করে সে। কিন্তু প্রতিবারই ফাঁকা, কেউ ফোন ধরছে না। অজানা কোনো বিপদের সংকেত নিয়ে একাকী হাটছিল নাদিম। মায়া কি ঠিক আছে? কেনো সে ফোন ধরছে না? কেন যেন একটা দুর্ঘটনার পূর্বাভাস মনে হচ্ছিল। তার মন বারবার বলছিল, 'মায়াকে দেখতে হবে, তার পাশে থাকতে হবে।

সে দ্রুত ঢাকা বিশ্ববিদ্যালয়ের রোকেয়া হলে চলে যায়। গেটের কাছে এসে সে প্রবেশের চেষ্টা করে, কিন্তু দারোয়ান তাকে থামিয়ে দিয়ে বলে, "মেয়েদের হলে প্রবেশ নিষেধ স্যার। অনুমতি ছাড়া ঢুকতে পারবেন না।"

নাদিম অনুরোধ করল, "আমার বন্ধু মায়া হয়তো অসুস্থ, আমি ওর খবর নিতে চাই।"

দারোয়ান মৃদু কণ্ঠে জানাল, "দুঃখিত স্যার, এই নিয়ম খুব কঠোর। আপনি ঢুকতে পারবেন না, এটা মেয়েদের হল।"

নাদিমের মনে চিন্তা বেড়ে গেল, কিন্তু থেমে থাকল না। সে মায়ার রুমমেটদের ফোন করে, কিন্তু কেও ফোন তুলে না। হয়তো সবাই ঘুমাচ্ছে। অবশেষে, সে দারোয়ানের কাছে গিয়ে বিনয়ের সাথে অনুরোধ করে, "ভেতরে গিয়ে খোঁজ নিতে কি খুব কষ্ট হবে?"

দারোয়ান উত্তর দেয়, "আচ্ছা, আমি হলের অন্য এক মেয়েকে বলছি, সে গিয়ে দেখবে।"

মুহূর্তের মধ্যে, জৈতী নামে এক ছাত্রীকে মায়ার রুমে পাঠানো হয় তার খবর জানতে। কিছুক্ষণ পরই জৈতী ফিরে এসে জানায়, "মায়া খুবই অসুস্থ, জ্বর চরমে।"

নাদিম দ্রুত দারোয়ান ও জৈতীকে নিয়ে মায়ার রুমের দরজা পর্যন্ত যায়। মায়ার অবস্থা দেখে মনে হচ্ছিল যেন তার শরীর পুরোপুরি নিস্তেজ হয়ে গেছে। চোখ ছিল অর্ধবিহ্বল, গায়ে ছিল দুর্বলতার ছোঁয়া। সে আর কথা বলতে পারছিল না, শুধু চোখ বুজে ছিল এক অসীম কষ্টে।

নাদিম ও জৈতী মিলে মায়াকে কোলে তুলে নিচে নামায়। হলে থেকে বের হয়ে দ্রুত এক রিকশায় উঠে তারা। রিকশার গতি যেন মায়ার শরীরের নিঃশ্বাসের সঙ্গে তাল মিলিয়ে চলছে। ঢাকা মেডিক্যাল কলেজ হাসপাতালে পৌঁছেই তারা মায়াকে ভর্তি করে জরুরি বিভাগে।

মায়াকে হসপিটালের সাদা শীতল শয্যায় শুইয়ে দিয়ে জৈতী যখন হলে ফিরে যাচ্ছিল, তখন মায়া ও নাদিমের প্রতি এক অদৃশ্য টান অনুভব করে সে, যেন তাদের হাজার বছরের পরিচয়। যাবার আগে দরজার কাছে দাঁড়িয়ে একবার পেছনে ফিরে তাকায়, আর নাদিমকে নরম গলায় বলে,

"মায়ার খেয়াল রেখো।"

সেই স্বল্প পরিচয়ের মধ্যেও নাদিম আর মায়া জৈতীর জীবনের এক অদ্ভুত ঘনিষ্ঠ বৃত্তে ঢুকে পড়ে আপনজনের মতো। তাড়াহুড়োর মুহূর্তে, অজান্তেই জৈতির হাত থেকে বদলে যায় দুটি ফোন। নাদিমের ফোন এসে পড়ে তার ব্যাগে, আর নিজের ফোন রেখে আসে মায়ার পাশে। ভুলের আড়ালে যেন লুকিয়ে ছিল এক হৃদয়ের টান।

ঘণ্টাখানেক পরে, হলে পৌঁছে, হঠাৎ করেই সে খেয়াল করে তার হাতের ফোনটা তার নয়, নাদিমের। সঙ্গে সঙ্গে আবার ছুটে যায় হসপিটালে, পরিচিত করিডোর ধরে হেঁটে গিয়ে দাঁড়ায় নাদিমের সামনে।

হালকা হাসিতে বলে,

"ভুলবশত ফোনদুটি বদলে গিয়েছে। এটা তোমারটা..."

সে তার ফোন নিয়ে নাদিমের টা রেখে আবার ফিরে আসে হলে।

জৈতী চলে যাবার পর নাদিম মায়ার পাশে গিয়ে বসে। মায়ার অজ্ঞান শরীরের প্রতি আজ একটা নিষ্পাপ ভালোবাসা ফুটে উঠেছে নাদিমের প্রতিটি কাজে। সে নিজে ওষুধ খাইয়ে দেয়, কোমল স্বরে কথা বলে, যেন মায়ার অবস্থা আরও দ্রুত ভালো হয়ে যায়। গামছা পানিতে ভিজিয়ে আস্তে আস্তে মায়ার গা মুছে দেয়। জামা ভিজে যাওয়ায় নতুন জামা পরিয়ে দেয়, যেন মায়ার শরীরে একটু প্রাণ ফিরে আসে। সেদিন রাতে নার্সের মতো ভীষণ যত্নশীল হয়ে উঠে নাদিম। সে নিজের সমস্ত যত্ন আর ভালোবাসা দিয়ে মায়ার সাথেই কাটিয়ে দেয় হসপিটালের দিনগুলো।

একসময় ধীরে ধীরে সুস্থ হয়ে ওঠে মায়া। নাদিম না থাকলে হয়তো রোকেয়া হলের ৩১৯ নম্বর কক্ষটাই হয়ে উঠত তার জীবনের শেষ অধ্যায়। সেই বন্ধ দরজার আড়ালেই নিঃশব্দে থেমে যেত এক তরুণীর শ্বাস। মায়া শুধু একটি নতুন জীবনই পায়নি, পেয়েছে এমন এক ভালোবাসা যেটি ছিল তীব্র, নিয়ন্ত্রণময় এবং সুরক্ষার চাদরে মোড়ানো। মায়া বুঝে যায়, তার ভালোবাসা, বিশ্বাস সবটুকু এখন নাদিমের। সে নিজেকে সঁপে দিতে চায় একেবারে নিঃশর্তভাবে যেভাবে এককালীন প্রজাগণ ইচ্ছে না থাকা সত্ত্বেও মাথা নত করে খাজনা দিত জমিদারের কাছে। সে জানে, ভালোবাসার এই সমর্পণেই রয়েছে তার পূর্ণতা। তার কাছে এটি ছিল না অপমান বা অবদমন, বরং এক গভীর আশ্রয় যেখানে সে নিরাপদ অনুভব করতো। মায়ার এই নতুন জীবনে স্বাধীনতার সংজ্ঞাই বদলে যায় যখন সে স্বেচ্ছায় নাদিমের দাসত্বে প্রবেশ করে। মায়া চাইতো নাদিম তাকে আদেশ করুক, ভালো মন্দে বাধা প্রদান করুক, তার উপর কর্তৃত্ব আরোপ করুক, তাকে নিয়ন্ত্রণ করুক, তার জীবনে প্রটেক্টিভ রোল প্লে করুক। এই প্রেম ছিল ভিন্ন ধাঁচের যেখানে ভালোবাসা মানে ছিল অধিকার আর অধিকার মানেই ছিল সুরক্ষা।

নাদিম এবার মায়ার ফেসবুক, ইনস্টাগ্রাম সহ সব সোশ্যাল অ্যাকাউন্টের নিয়ন্ত্রণ নিয়ে বলে, "আজ থেকে তুমি আমি ছাড়া অন্য কোনো ছেলের সঙ্গে কথা বলবে না, মেসেজেও নয়, কলে তো নয়ই। নিজের কোন ছবি কোথাও আপলোড করবে না। কোনো পুরুষ তোমায় এমনভাবে দেখবে না, যেভাবে শুধু আমি দেখার

অধিকার রাখি। তুমি আমার, শুধুই আমার। একমাত্র আমার ব্যক্তিগত নারী হয়ে থাকো এটাই আমার ইচ্ছা।”

মায়া কিছু বলেনা, শুধু মাথা নেড়ে সম্মতি দেয়। যেন এক পরিতৃপ্ত আত্মসমর্পণ। এই অধিকারভিত্তিক ভালোবাসা মায়ার ভেতরে একধরণের আত্মবিশ্বাস তৈরি করে কারণ, যার কাছে সে নিজেকে সঁপেছে, সেই তাকে মৃত্যু থেকে ফিরিয়ে এনেছে। তারা এবার শুরু করে ভবিষ্যতের স্বপ্ন দেখতে। বিয়ের পর কেমন হবে তাদের জীবন? কোথায় থাকবে? কিভাবে সাজাবে নিজেদের একান্ত ভালোবাসার ঘর?

মায়ার চোঁখের দিকে তাকিয়ে নাদিম বলে, “বিয়ের পর আমরা একসাথে আলাদা বাসায় থাকবো। মা-বাবার সঙ্গে নয়।”

মায়া অবাক হয়ে জিজ্ঞেস করে, “কেন? আমার তো তোমার মা-বাবার সঙ্গে থাকতে সমস্যা নেই। তাহলে তোমার কি সমস্যা?”

নাদিম উত্তর দেয়, “তুমি জানো, আমাদের সংসারটা মা গত ২০ বছরে নিজের মতো করে গড়ে তুলেছেন। এই সংসার তার নিজ হাতে গড়া সাম্রাজ্য। এই সংসার যদি জাহাজ হয়, মা তার নাবিক। এখন তুমি যদি এই সংসারে মাঝপথে এসে জাহাজ চালানোর দায়িত্ব নাও তাহলে কনফ্লিক্ট হবে যেটা আমি চাইনা। পারিবারিক হিপোক্রেসি আমার পছন্দ নয়। আমি খুব শান্তি প্রিয় এবং শান্ত। আমি চাই না মায়ের ভালোবাসা আর তোমার অধিকার এই দুইয়ের মাঝে আমাকে দাঁড়াতে হোক। আমি একান্তে চাই, আমাদের একটা আলাদা রাজ্য থাকুক শুধু তুমি আর আমি। মাঝে মাঝে আমরা মা-বাবার বাসায় বেড়াতে যাব। মাঝে মাঝে তারাও আমাদের বাসায় বেড়াতে আসবে। দূর থেকেও সম্পর্ক ভালো থাকবে। এটা উত্তম নয় বলো?

এই যুক্তির গভীরতা মায়াকে অভিভূত করে। সে অনুভব করে, এই সিদ্ধান্ত কোনো গোঁড়ামি নয়, বরং এক পরিণত বোঝাপড়ার ফসল। তখনই নাদিম তার কল্পনার গহীনে নিয়ে যায় মায়াকে।

নাদিম বলে, আমাদের নতুন বাসা আমরা আমাদের মতো করে সাজাবো। তুমি আমি দুজন মিলে ফার্নিচার কিনবো। প্রতিটি ফার্নিচারে তোমার হাতের ছোঁয়া লেগে থাকবে। প্রতিটি দেয়ালে তোমার ছায়া থাকবে। আমাদের ড্রয়িং রুম হবে আমাদের ব্যক্তিগত লাইব্রেরি। যেখানে থাকবে তুমি, আমি আর আমাদের হাজারো বই। শুক্রবার যখন আমার অফিস থাকবে না দুজন মিলে একসাথে রান্না করব। তুমি পোলাও রান্না করবে আর আমি গরুর মাংস হাড়িতে তুলে দেব। আমরা একসাথে খাব। মাঝে মাঝে আমি আবদার করব তোমাকে খাইয়ে দিতে। তুমি চেয়ার থেকে উঠে এসে বসবে আমার পাশে। আমি নরম হাতে তোমার মুখে লুকমা তুলে দেব। যখন তোমার ঠোঁটের কোণে তরকারির ঝুল লেগে থাকবে, আমি নরম চুমুতে তা মুছে দেব। এই বাসা হয়ে উঠবে আমাদের একান্ত ব্যক্তিগত একটা কমফোর্ট জোন যেখানে শালীনতার বাইরে এসে আমরা হবো একে অপরের আপনজন। যেখানে তুমি আমার জন্য শাড়ি পরবে গভীর মমতায়। শাড়ির কুচি ঠিক করতে আমায় ডেকে নিবে তুমি, আর আমি হাত বাড়িয়ে সাজিয়ে দেবো তোমায় যেন প্রতিটি ভাঁজে গাঁথা থাকে

আমাদের ভালোবাসা। সেখানে তুমি ইচ্ছে মতো নিজেকে প্রকাশ করবে, কখনো আবেগে, কখনো রূপে, কখনো নগ্নতায়। আর আমি নীরবে দেখে যাবো, কীভাবে তুমি আমার পৃথিবী হয়ে উঠছো ধীরে ধীরে।

তোমার প্রতিটি নড়াচড়া, ঘরের প্রতিটি পদক্ষেপ আমি নিবিড়ভাবে লক্ষ রাখবো, যেন এক নিঃশ্বাসে তোমায় পড়ে ফেলা যায়। মিষ্টি এক অত্যাচার হবে আমার ভালবাসা যেটা তোমার ইচ্ছের দেয়ালে ছায়া ফেলে রাখবে সারাক্ষণ। তুমি যখন কিচেনে ব্যস্ত থাকবে আমি নিঃশব্দে পেছন থেকে জড়িয়ে ধরবো তোমায়। তুমি ব্যাকুল হয়ে নিজেকে ছাড়াতে চাইলেও আমি চেপে রাখবো সে মুহূর্ত। এরপর যখন চুলা থেকে পোড়া গন্ধ বেরুবে তখন তোমায় ছেড়ে দিয়ে বলবো, "চলো, আজ আমরা রেস্টুরেন্টে যাই, ভালোবাসার স্বাদটা অন্যরকম হোক।"

তুমি কখনোই ঝগড়া করে এই বাসা ছেড়ে বাবার বাড়ি যেতে চাইবে না, তোমারও ইচ্ছে হবে না। কারণ তোমার কখনো মনেই হবেনা এটা তোমার শশুর বাড়ি। বরং তোমার মনে হবে এটা আমাদের বাড়ি, আমাদের ঘর, আমাদের সংসার যেখানে আমাদেরই রাজত্ব। তাই আমরা বিয়ের পর দিন থেকেই আলাদা থাকবো।

নাদিমের কথা শুনে মায়ার চোখে জল চলে আসে। এই মানুষটি যেন প্রেমিক নয়, বরং মায়ার জীবনের একমাত্র আশ্রয়, একমাত্র নির্ভরতা। এই স্বপ্নগুলো কেবল দুজন মানুষকে নিয়ে নয়, বরং দুটি আত্মাকে জুড়ে রাখার প্রতিশ্রুতি। যেখানে ভালোবাসা মানে শর্ত নয় বরং শাসনের আড়ালে লুকিয়ে থাকা যত্ন। যেখানে নিয়ন্ত্রণ মানে বেঁচে থাকার ইচ্ছা। যেখানে বাধ্যতাও একপ্রকার শান্তি। আর ভবিষ্যৎ এক নির্ভেজাল স্বপ্ন।

নাদিম সবসময় ছায়ার মতো মায়ার পিছু পিছু থাকে। প্রতিটি ক্লাস শেষে রোকেয়া হল পর্যন্ত তাকে পৌঁছে দেয়, যেন তার নিঃশ্বাসটাও নিরাপদে থাকে। সে কখনো প্রেমিক, কখনো নিঃশব্দ দেহরক্ষী। একদিন হলমুখো সেই চেনা পথে হাঁটছিল তারা, আকাশে নরম আলো, রাস্তায় ছায়া-ছায়া বিকেল। হঠাৎ পেছন থেকে ভেসে এলো কটাক্ষভরা কণ্ঠ,

"ওই দেখ, মায়া যাচ্ছে বডিগার্ড নিয়ে।"

শব্দগুলো যেন হাওয়ার ফাঁক গলে তীর হয়ে বিঁধলো নাদিমের কানে। চোখ মুহূর্তে জ্বলে উঠলো ক্রোধে। সামনে ঘুরে দাঁড়াতে যাচ্ছিল জবাব দিতে ঠিক তখনই মায়া তাকে বাধা দেয়। চোঁখে অনুরোধের দীপ্তি, "না, প্লিজ। তুমি যেয়ো না, তুমি তো ওদের মতো নও।"

নাদিম থেমে যায়। তার বুকে জমে থাকা আগুন মায়ার স্পর্শে জল হয়ে যায় নিমিষেই। কিছুটা দূরে গিয়ে মায়া নাদিমকে আলতো করে জড়িয়ে ধরে কাঁপা কণ্ঠে ফিসফিস করে বলে,

"এমন করো না। মাথা ঠান্ডা রাখো, সবসময় কুল থাকো প্লিজ। আমি চাই না তোমায় কেউ আঘাত করুক।"

নাদিম তখন বুঝতে পারে, শুধু মায়া নয়, সে নিজেও মায়ার দাসত্বে নিজেকে সঁপে দিয়েছে নিজের অজান্তেই।

৭

দেখতে দেখতে বিশ্ববিদ্যালয়ের পিকনিকের সময় ঘনিয়ে আসে। ক্যাম্পাসজুড়ে হৈচৈ, প্রস্তুতির ব্যস্ততা কিন্তু মায়ার ভেতরে নিঃশব্দ এক সংকোচ। পকেট ফাঁকা, মনেও কিছু বলার সাহস নেই। অথচ তার নীরবতা নাদিমের চোখ এড়িয়ে যেতে পারে না। মায়ার অপ্রকাশিত অভাবটুকু সে অনুভব করে নিজের মতো করে চুপিচুপি বুক করে ফেলে দুজনের টিকিটই। পরদিন, মায়ার হাতে টিকিট দিয়ে বলে, "চলো, আমরা যাচ্ছি। পিকনিক বাদ দিলে তোমার অভিমান আমাকে ছাড়বে না।"

মায়া অবাক হয়, বিশ্বাস আর আনন্দ মিশে তার চোখে জল জমে ওঠে। হালকা হাসিতে সে বলে, "তুমি তো পুরো সারপ্রাইজের মানুষ!"

নাদিম হাসে বলে,

"তবে একটা শর্ত আছে... বাসে কিন্তু পাশাপাশি বসতে হবে।"

যেই কথা, সেই কাজ। ভোর ৬ টায় বাস ছাড়ে গাজীপুরের সবুজে ঘেরা একটি পিকনিক স্পটের উদ্দেশ্যে। শুরু হয় গান, গল্প, নিস্তরঙ্গ হাসির ভেলা। আনন্দের স্রোতে ভেসে চলে বাস, আর তার ভেতর জেগে থাকে এক নতুন সম্পর্কের আলো ছায়া। অর্ধেক পথ পেরোতেই, ক্লান্ত চোখে ঘুমিয়ে পরে মায়া। হঠাৎ হালকা দোলায় ঘুমের ভেতরেই মাথা রাখে নাদিমের কাঁধে। সে নড়ে না, সরে না বরং তার কাঁধটাই হয়ে ওঠে মায়ার এক নরম বালিশ। নাদিম চুপচাপ বসে থাকে, তার মুখে এক প্রশান্তির ছায়া। বাইরের হুল্লোড় যেন দূরের কোনো কোলাহল, আর কাঁধে ঘুমিয়ে থাকা মেয়েটি হয়ে ওঠে তার মুহূর্তের সম্পূর্ণ পৃথিবী।

পিকনিকে এসে সবার আনন্দ ছড়িয়ে পড়ে বাতাসে। গান, হুল্লোড়, হাসির হড়োহুড়িতে ক্যাম্পাসের সব মুখ আজ প্রাণবন্ত, জীবন্ত। কিন্তু সেই সব কোলাহলের ভেতর কোথাও খুঁজে পাওয়া যাচ্ছিল না নাদিম আর মায়াকে। যেন তারা এই আনন্দের কেন্দ্র থেকে নিজেদের সরিয়ে নিয়েছে নিঃশব্দে। তারা দুজন পায়ে হেঁটে চলে যায় গাছের ছায়া ঘেরা দূরের কোন প্রান্তে যেখানে পিকনিকের গানের শব্দ পৌঁছায় না। যেখানে নিঃশব্দ ঘন ছায়া, পাতার মৃদু নড়া আর দূরপাল্লার পাখির ডাক ছাড়া কিছুই নেই।

হঠাৎ নাদিম বলে, "আজ তোমাকে শব্দহীন সময় উপহার দিতে চাই।"

কোলাহলের বাইরে সেই নীরবতা ছিল তাদের নিজস্ব ছোট্ট এক পৃথিবী যেখানে গাছের ছায়ায় বসে থাকা দুজন তরুণ-তরুণীর মাঝখানে ভেসে বেড়াচ্ছিল এক অনুচ্চারিত অনুভব। হঠাৎ নাদিম বলে উঠে নরম গলায়,

"কেমন হতো বলো তো, যদি এই গাছ, এই সবুজ, এই শীতল হাওয়া, এই পুরো পৃথিবীটা কেবল আমাদের দুজনের হতো? কেউ থাকতো না, না কোনো শব্দ, না কোনো মানুষ... কেবল তুমি আর আমি?"

মায়া কিছু বলল না। শুধু চোখের গভীর চাহনিতে জবাব দিলো। যেখানে ছিল একবিন্দু বিস্ময়, একচিলতে হাসি, আর অল্প একটু স্বপ্ন।

নাদিম এগিয়ে এসে বলল,

"তোমাকে একটা সারপ্রাইজ দেবো। চোখ বন্ধ করো।"

মায়া নিঃশব্দে চোখ মুদে নিলো নির্ভরতায়, না বলা এক বিশ্বাসে। ঠিক তখনই, নাদিম হালকা করে তার ঠোঁট রাখলো মায়ার কপালের উপর, নিঃশব্দ, নরম, না বলা এক চুম্বনে। যেন আবহমান কালের সব শব্দ থেমে গিয়ে জায়গা করে দিলো এই একটুকরো মুহূর্তকে।

মায়া চমকে উঠে। প্রথমে ভয়, কেউ দেখে ফেললো না তো? তারপর এল লজ্জা, কিন্তু সঙ্গেই যেন গোপনে ভেসে উঠলো এক অচেনা তৃপ্তি। কিছু বলল না সে, বলার প্রয়োজনও হয়নি। হয়তো এই প্রথম সে নিজেকে বলল, "এই মানুষটাই কি আমার সেই বহু আকাঙ্ক্ষিত পুরুষ? যার কাছে নিজেকে সমর্পণ করতে কষ্ট নয়, বরং শান্তি লাগে?"

শান্ত বাতাস বইছিল তখনও, গাছেরা সাক্ষী হয়ে থাকে সেই নিঃশব্দ অনুভবের।

তারা ফিরে এলো আবার সেই পিকনিকের কোলাহলে। এখন সুইমিং পুলে ভেজার সময়। সবাই নেমে পরলো যে যার মতো করে, কেও কেও একা আবার কেওবা কারো সঙ্গে। পিকনিকের সেই উজ্জ্বল দুপুরে সুইমিং পুলের পাশে দাঁড়িয়ে ছিল নাদিম। মায়া ধীরে ধীরে জলে নামে। তার চোখে ছিল এক অদ্ভুত লজ্জা আর আকর্ষণের সংমিশ্রণ। তার ভেজা চুল, গায়ে লেপ্টে থাকা কাপড় আর জলকণায় ঝলমলানো ত্বক যেন অনিচ্ছা সত্ত্বেও চোখ টানছিল নাদিমের। দূর থেকে তাকিয়ে ছিল সে, চুপচাপ, স্থির দৃষ্টিতে, যেন এই একটিমাত্র দৃশ্য সারাজীবনের জন্য সংরক্ষণ করে নিতে চায় হৃদয়ের গভীরে।

মায়া সেটা বুঝে ফেলে। তার ভেতরে ঢেউ তুলে নাদিমের দৃষ্টি যা এক ধরণের লজ্জা জাগায়, আবার অদ্ভুত ভালো লাগারও জন্ম দেয়। মনে হয় সে যেন নিজেকেই নতুনভাবে আবিষ্কার করছে কারও চোখের ভেতরে। তাই সে আর পিছিয়ে থাকে না। ধীরে ধীরে জল থেকে উঠে আসে। ভেজা চুল থেকে জলরাশি গড়িয়ে পড়ছিল কাঁধ বেয়ে, আর তার জামার আঁচল যেন জলে ভিজে মায়ার অবয়বকে আরও স্পষ্ট করে তুলেছিল। নাদিমের কাছে এসে দাঁড়ায় সে। ঠোঁটে এক রহস্যময় হাসি, চোখে একান্ত আমন্ত্রণ।

নরম স্বরে বলে ওঠে,

"দূর থেকে দেখার কি আছে? চলো না... একসাথেই জলে নামি।"

নাদিম স্তব্ধ হয়ে যায় কিছুক্ষণ। তারপর নিজের অজান্তেই উঠে দাঁড়ায়। হাত বাড়িয়ে দেয় মায়ার দিকে, আর পরম মুহূর্তে তারা দুজনে জলে নেমে পড়ে একসাথে। চারপাশে সহপাঠীদের কোলাহল, হাসি-ঠাট্টা, পানিতে ছিটানো জল সবই ছিল। তবুও তারা একে অপরের মাঝে এমন ভাবে ডুবে গিয়েছিল যে পুরো পৃথিবীটা যেন সুইমিং পুলের সেই ছোট্ট জলাভূমিতে সঙ্কুচিত হয়ে দাঁড়ায়, কেবল তাদের দুজনের জন্য।

৮

দেখতে দেখতে পহেলা বৈশাখ চলে এলো। রঙিন ভোরে উৎসবের আনন্দে যখন শহর মুখর, তখন এক টুকরো সোনালি উন্মাদনা গুঞ্জরিত হচ্ছিল মায়ার হৃদয়ে। আজ মায়া আর নাদিমের প্রথম বৈশাখ। এক চিমটি ভালোবাসা, এক মুঠো যত্ন, আর নিজের হাতে ভাজা ইলিশ মাছ, এই ছিল মায়ার পক্ষ থেকে নাদিমের জন্য প্রথম বৈশাখের উপহার।

হলে থাকার কারণে নাদিমকে নিজের ছোট্ট রুমে আমন্ত্রণ জানাতে পারেনি, কিন্তু ভালোবাসায় যে কোনো সীমা অতিক্রম করা যায়। তাই সে সযত্নে বাটিতে করে এনেছে নিজের হাতে ভাজা পান্তা-ইলিশ। নাদিম বাটির ঢাকনা খুলে হতভম্ব। সুস্বাদু ইলিশের গন্ধে নয়, মায়ার ভালোবাসার আন্তরিকতায়।

নাদিম বিস্মিত গলায় প্রশ্ন করে, “তুমি নিজে ভাজছো?”

মায়া হেসে বলে, “ আজ আমাদের প্রথম বৈশাখ, ইলিশটা তো আমার হাতেই ভাজা উচিত।”

নাদিম কিছুক্ষণ চুপ করে তাকিয়ে থাকে মায়ার দিকে। তারপর হঠাৎ শিশুসুলভ এক আবদার করে বসে, "তুমি যদি নিজ হাতে খাওয়াও, তবেই খাবো। নাহলে না।"

মায়া চোখ বড় করে বলে, "পাগল নাকি তুমি? এইখানে, এইভাবে?"

মায়া লজ্জায় পড়ে যায়। আশপাশে এত লোক, আবার এই আবদার! কিন্তু আজ যে নববর্ষ, আজ যে নতুন শুরু। আর এই শুরুতে যদি একটু অচেনা কিছু হয়, তাহলে মন্দ হয় না। মায়া ধীরে ধীরে একটি মাছের টুকরো তুলে নাদিমের দিকে এগিয়ে দেয় অন্তহীন যত্নে, নিঃশব্দ, স্নেহে। নাদিম তাকিয়ে ছিল তার হাতের দিকেই, যেন ইলিশ নয়, সে খুঁজছে কিছু একটাকে যা শব্দের বাইরে।

হঠাৎ এক চমকে, এক মুহূর্তের সাহসে, সে মায়ার আঙুল নিজের ঠোঁটের গভীরে নিয়ে আলতো করে কামড়ে ধরে আর মৃদু হেসে বলে, “হয়তো এই সুযোগ আর আসবে না...

ইলিশের কাঁটা আলতোভাবে তুলে নিয়ে নাদিম বলে, “এই ইলিশটা এত মজার কেন জানো?”

মায়া একটু চমকে প্রশ্ন করে, “কেন?”

নাদিমের গলায় তখন শুধু হাসি ছিল না, ছিল গোপন কবিতা,

“কারণ এতে শুধু ইলিশের স্বাদ নেই, আছে তোমার আঙুলের স্পর্শ, তোমার দেহের ঘ্রাণ। আমি এই ইলিশে তোমাকে খুঁজে পাই। তাই এই ইলিশ আমার কাছে অমৃত।”

বাটিতে পড়ে থাকা শেষ কাঁটাটুকুও মুখে তুলে নিয়ে সে বলে,

“ইলিশ তো খেলামই, এবার কাঁটা খাব। যে কাঁটা তোমার হাতের ছোঁয়া পেয়েছে, তা খেতে আমি বিড়াল হতেও রাজি। তোমার ছোঁয়াতে এই কাঁটা আজ হয়ে উঠেছে প্রেমের অনুচ্চারিত কবিতা।”

তারা একসাথে ক্লাস করত, লাইব্রেরিতে পড়ত, ক্যাম্পাসে হাঁটত, আর সেই হাঁটাচলা কেবল পায়ে পায়ে নয়, হৃদয়ে হৃদয়েও। ক্লাস শেষে তারা রোকেয়া হলের সামনের পথ ধরে হেঁটে টিএসসি পর্যন্ত যেত, বৃষ্টির দিনে ছাতা ভাগাভাগি করে মাথা ভিজিয়ে মায়া বলত, "ভিজে গেলে তোমার কাঁধেই মাথা রাখব।"

আর নাদিম হেসে বলত, "তুমি এমন করেই প্রতিদিন নতুন হয়ে এসো আমার কাছে।"

শহরটা যেন তাদের খোলা খাতা হয়ে উঠে। পুরান ঢাকার অলিগলি, বইমেলা, চারুকলা, পহেলা বৈশাখ, রবীন্দ্রজয়ন্তী কিংবা বসন্ত উৎসব সবখানেই তারা ছিল একে অপরের আশ্রয়। প্রতিটি মুহূর্তে তারা একসাথে তৈরি করেছিল এমন সব স্মৃতি, যা বছর পেরিয়ে যায়, তবু থেকে যায়।

একদিন ক্লাস শেষে বৃষ্টির মধ্যে দাঁড়িয়ে থাকে মায়া, ছাতা নেই, ভিজছে। নাদিম ছুটে এসে তার পাশে ছাতা ধরে দাঁড়ায়। মায়া তাকিয়ে থাকে ছেলেটির মুখের দিকে। আর তখনই নিজের অজান্তেই প্রশ্ন করে, "তুমি কেন এত ভালো?"

নাদিম হেসে বলে, "কারণ আমি চাই, তুমি হাসো।"

এরপরও মায়ার মনে মাঝে মাঝে পুরোনো স্মৃতি ফিরে আসে। ফারিস, আদিত্যের মুখ, তাদের কথা। কিন্তু নাদিমের সঙ্গেই সে পায় এক ধরনের স্বস্তি, নির্ভরতা। এই শহরে, এই ভিড়ে, এই স্বাধীন জীবনে সে আর একা নয়। তবে রাতের নিঃশব্দে, একা বিছানায় শুয়ে মায়ার মাঝে মাঝে ভয় জাগে। ফারিস কি এখনো আমায় নিয়ে ভাবে? আদিত্য কি এখনো অপেক্ষা করে কোনো উত্তরের? তার বিবাহিত পরিচয়টা কি চিরকাল চাপা পড়ে যাবে? সে কি পারবে এই নতুন ভালোবাসাকে পূর্ণ করতে, নাকি আবার ছেঁড়া পাতার মতো ফেলে আসবে আরেকজনকে?

এইসব প্রশ্নের উত্তর সে জানে না। শুধু জানে, নাদিম তার জীবনে এখনকার বাস্তবতা। মায়ার জীবনের এই অধ্যায় অনেক জটিল, অনেক আবেগময়। একটার পর একটা সম্পর্ক, ভাঙাগড়া, বিশ্বাস আর ভরসার খেলা। সব মিলিয়ে সে এখন একজন ভিন্ন মানুষ। তবে এটুকু সে বোঝে, জীবন কোন সরল রেখা নয়, অনেকগুলো বাঁক। কিছু বাঁকে কাঁটা, কিছু বাঁকে ফুল। আর প্রতিটি বাঁকেই তাকে নিতে হয় সিদ্ধান্ত, ভালোবাসা, দায়, কিংবা ভবিষ্যতের আশ্রয়। এখন সে দাঁড়িয়ে আছে আরেকটি বাঁকে, নতুন প্রেমে, নতুন সম্ভাবনায়। আবার নিজের ভেতরেই প্রশ্ন জাগে, "আমি কি এবার সত্যি ভালোবাসতে পারব?"

৯

একদিন দুপুরে নাদিম আর মায়া বসেছিল বিশ্ববিদ্যালয়ের লাইব্রেরির নির্জন এক কোণে। চারদিকের নিস্তব্ধতার মাঝে ভেসে আসছিল বইয়ের পাতা ওলটানোর শব্দ। তাদের সামনে ছড়িয়ে ছিল মহাবিশ্বের রহস্যে মোড়া কয়েকটি বই। গল্পে গল্পে হঠাৎ নাদিম বলে উঠে, "তুমি কি জানো মায়া, এই পৃথিবীর মতো আরেকটা পৃথিবী আছে। যেখানে তুমি আমি, এই আমাদের মতোই দেখতে দুইজন মানুষ যারা আমাদের মতোই তারা কথা বলছে, হয়তো ভিন্ন এক গল্প লিখছে ভিন্ন কোনো বাস্তবতায়। হয়তো তারাও বসে আছে চুপচাপ লাইব্রেরির এক কোণে।"

মায়া হালকা হেসে বলে, "তুমি প্যারালাল ইউনিভার্সের কথা বলছো?"

নাদিম মাথা ঝাঁকায়, "হ্যাঁ। অসংখ্য মহাবিশ্বের প্রতিটা ইউনিভার্সে ভিন্ন এক আমি, এক তুমি। যদি তুমি এই মহাবিশ্বে একদিন হারিয়ে যাও... আমি অন্য কোন প্যারালাল ইউনিভার্সে খুঁজে নিব তোমায়। খুঁজতে খুঁজতে আমি পৌঁছে যাবো সেই তোমার কাছে, যাকে আমি হারাইনি।"

মায়া চুপ করে থাকে কিছুক্ষণ। তারপর বলে, "প্যারালাল ইউনিভার্সে যদি আমায় খুঁজে পাও, সেখানেও কি এভাবে ভালোবাসবে?"

নাদিম হেসে বলে, "ভালোবাসা তো কোনো এক জন্মের মধ্যে আটকে থাকে না। এটা সময়ের সীমানা মানে না। যতবারই তুমি আমার সামনে আসবে, আমি তোমায় ঠিক এভাবেই ভালোবাসবো। আবার প্রথমবারের মতো, আবার শেষবারের মতো।"

মায়া হঠাৎ থেমে বলে, "জানো নাদিম, আমি যদি সময় ভ্রমণ করতে পারতাম... যদি ফিরে যেতে পারতাম সেই অতীতে, যেখানে এখনো কিছুই শুরু হয়নি... যেখানে ভালোবাসা মানেই একটা শূন্য পৃষ্ঠা। আমি চাইতাম সেই পৃষ্ঠায় প্রথম নামটা হোক 'নাদিম'। আমি সেখানে তোমাকেই খুঁজে নিতাম। সেই সময়ের তুমিকে, যেখানে তুমি হতে পারতে আমার জীবনের প্রথম পুরুষ। আমার প্রথম স্পর্শ, প্রথম অভিমান, প্রথম ভালোবাসা।

নাদিম থমকে যায়। এমন কথা সে কখনো শোনেনি মায়ার মুখে। সে একটু হেসে বলে, "তোমার জীবনে প্রথম হতে পারিনি, তাতে কিছু যায় আসে না। আমি শুধু চাই আমি যেন হই তোমার জীবনের শেষ পুরুষ, শেষ হাত ধরা, শেষ ভরসা, শেষ কাঁধে মাথা রাখা মানুষ। তুমি যখন ক্লান্ত হবে, দুঃখে ভেঙে পড়বে, হাসবে অথবা নীরব হবে তখন আমি যেন তোমার পাশে থাকি, শেষ পর্যন্ত।"

মায়া এক দৃষ্টিতে তাকিয়ে থাকে নাদিমের দিকে। এই মানুষটা তাকে বোঝে, ধারণ করে, তাকে কেবল ভালবাসে না, তাকে গ্রহণও করে। তার অতীতের অনিশ্চয়তাকে, ভুল সিদ্ধান্তকে, সবটুকু জেনেও ভালোবাসে। তারা দুজন সময় নামক রেখাটিকে পেছনে ফেলে চলে যায় এমন এক প্যারালাল ইউনিভার্সে যেখানে নাদিম

হয়তো সত্যিই মায়ার প্রথম পুরুষ, আর বাস্তব এই পৃথিবীতেও সে তার শেষ পুরুষ হতে চায়।

একদিন তাদের নিয়ে ক্লাসে গুঞ্জন ওঠে, "ওরা প্রেম করে।"

তখন নাদিম সকলের সামনে নির্ভয়ে বলে, "হ্যাঁ, ও আমার জীবনের গুরুত্বপূর্ণ মানুষ।"

নাদিমের সেই সাহস মায়ার ভেতরে এক আশ্চর্য স্থিরতা এনে দেয়। তার বুকের গভীরে যেন কেউ কড়া নাড়ে একটা অব্যক্ত সত্য। যে সত্য এখনো নাদিম জানে না। যে সত্য তার হাসিতে বিষ, তার ভালোবাসায় প্রতারণার ছায়া ফেলে।

মায়া নীরবে তাকিয়ে থাকে নাদিমের দিকে। ভাবনায় গুনতে থাকে নাদিমের প্রতিটি বিশ্বাস, প্রতিটি স্বপ্ন, যেটা ধীরে ধীরে তার প্রতি তৈরি হয়েছে। আর তখনই সে বুঝে ফেলে এই সম্পর্কটা শূন্যতায় ভাসছে। এ সম্পর্কের মূলে লুকিয়ে আছে গভীর মিথ্যে।

মায়া বিবাহিত, সে সত্যটা কখনোই নাদিমকে বলেনি। হয়তো বলার সাহসও হয়নি। কিংবা বলতে গেলেই সব ভেঙে যাবে এই ভয় তাকে গ্রাস করেছিল বারবার। কিন্তু আজ, নাদিমের চোখের সেই নিষ্পাপ ভালোবাসা দেখে তার অন্তর কেঁপে ওঠে। এভাবে আর নয়।

ক্লাস শেষে ক্যাম্পাসের ছায়াময় করিডোরে পা ফেলে ধীরে ধীরে হাঁটছিল মায়া। চারপাশে কোলাহল, হাসি, গল্প সবই চলছিল চেনা ছন্দে। নাদিম ঠিক তখনই পাশে এসে দাঁড়ায়। হালকা হাসিতে বলে, "চলো, একটু বসি? আজ কফিটা আমার ট্রিট।"

মায়া এক মুহূর্ত চুপ করে থাকে। তারপর কাঁপা কণ্ঠে বলে, "নাদিম, আমি... তোমার সঙ্গে একটু কথা বলতে চাই। তোমাকে কিছু বলা বাকি রয়ে গেছে। অনেক আগেই বলা উচিত ছিল..."

নাদিম বিস্ময়ভরা চোখে মায়ার দিকে তাকিয়ে বলে, "এত গম্ভীর লাগছে তোমাকে, কি হয়েছে?"

মায়া মুখ ফিরিয়ে নেয়। ধীরে বলে, "চলো, একটু নিরিবিলিতে যাই। কিছু কথা, সবার সামনে বলা যায় না..."

দুজনে একসাথে হেঁটে যায় ক্যাম্পাসের এক নির্জন কোণায়। একটা পুরোনো বেঞ্চে এসে বসে তারা। মাথার উপর ছায়া ছড়ানো কৃষ্ণচূড়ার ডালে তখনো কিছু লাল ফুল দুলছে বাতাসে। নাদিম মায়ার দিকে তাকিয়ে থাকে, তার মুখে কথা নেই, শুধু অপেক্ষা।

মায়া বলতে গিয়ে থেমে যায়, বাক্যটা শেষ করতে পারে না। কারণ সে জানে, এই সত্য বলার পর যে নীরবতা নামবে, তা হয়তো বৈশাখের উৎসবকেও ম্লান করিয়ে দেবে। তবুও বলতে হবে, কারণ সত্য যতোই কঠিনই হোক, সত্যই মুক্তি।

মায়া নাদিমের চোখে চোখ রেখে বলে, খুব ধীরে, যেন শব্দগুলো না ভেঙে পড়ে, "নাদিম, তুমি তো জানো না... আমি আসলে বিবাহিত।"

শব্দটা একবারেই থামিয়ে দেয় সবকিছু। নাদিম যেন মুহূর্তেই জমে যায় নিঃশ্বাসহীন কোনো ছায়ার নিচে। তার চোখে ভেসে ওঠে বিস্ময়, অপার কৌতূহল আর একফোঁটা বিষণ্নতা। যেন কেউ হঠাৎ নদীর মুখ ঘুরিয়ে দিয়েছে।

মায়া চোখ নামিয়ে ফেলে, গলা কাঁপে সামান্য, "বলতে চাইনি এমন করে... কিন্তু তোমার কাছে আর মিথ্যে বলতে পারলাম না। তুমি এমন একজন, যার চোখে আমি প্রতিদিন সত্যিকারের ভালোবাসার প্রতিচ্ছবি দেখি। আর সেই চোখে আমি নিজেকে আর প্রতারিত করতে পারি না। তাই আজ সব বলে দিয়েছি।

নাদিম কিছুক্ষণ কিছু বলে না। যেন শব্দ খুঁজে পাচ্ছে না, কিংবা খুঁজে না পাওয়াই ভালো মনে করছে। বাতাসে তখন শুধু কৃষ্ণচূড়ার পাতারা উড়ছে। মায়ার চোখে জমে থাকা অতীত আর নাদিমের চোখে ভেঙে যাওয়া ভবিষ্যৎ, দুটি পথ সমান্তরাল হয়ে হাঁটছিল, কিন্তু এক বিন্দুতে এসে থেমে গেছে।

মায়া শেষবার বলে, "তোমার ভালোবাসা আমার জীবনের সবচেয়ে সুন্দর অধ্যায় হতে পারতো, যদি না সময়টা এত নিষ্ঠুর হতো। কিন্তু আমি তোমায় দেরিতে পেয়েছি, আর আমার ভাগ্যে এসব আগেই লেখা ছিল।"

মায়া উঠে দাঁড়ায়, হেঁটে যেতে যেতে একবারও পিছনে তাকায় না। নাদিম বসে থাকে সেই কৃষ্ণচূড়ার নিচে, জীবনের সবচেয়ে সুন্দর অথচ অসমাপ্ত এক অধ্যায়ের পাতা হাতে নিয়ে।

নাদিমের হৃদয়ে কেমন যেন এক অজানা ভার নেমে আসে। সে চুপচাপ মায়ার পিছু নেয়, ধীরে, নিঃশব্দে, যেন প্রতিটি পদক্ষেপে সে মুছে ফেলতে চাইছে দূরত্ব।

হঠাৎ, নাদিম এগিয়ে গিয়ে মায়ার হাত ধরে ফেলে। তার কণ্ঠে জমে থাকা আবেগ গড়িয়ে পড়ে, "তুমি চলে যাচ্ছো, জানি... তবুও একবার বলো, আমি কি একটিবারের জন্যও তোমার বর্তমান ছিলাম না? চলো, অতীত আর ভবিষ্যতের মাঝে আমরা বর্তমান হয়ে থেকে যাই।"

মায়া থেমে যায়। পায়ের নিচে ধুলো জমে থাকে, বাতাস স্তব্ধ হয়ে পড়ে চারপাশে। চোখে জমে থাকা জল আর আটকে রাখা যায় না। অঝোরে ঝরতে থাকে নীরব কান্না, প্রতিটি ফোঁটায় ভাঙনের শব্দ। ভেতরে জমিয়ে রাখা প্রতিটি অভিযোগ, অভিমান, ভালোবাসা আর না-পাওয়ার ব্যথা সব যেন হঠাৎ বিস্ফোরণের মতো ফেটে পড়ে। মায়া এক ঝটকায় এগিয়ে আসে, আর পরম আকুলতায় নাদিমকে জড়িয়ে ধরে। না, কেবল জড়িয়ে ধরা নয়, যেন তার সমস্ত ভাঙা অস্তিত্ব দিয়ে শক্ত করে আঁকড়ে ধরা। যেন এই বিশ্বটাই থমকে যেতে চায়। নাদিম আর কিছু বলে না, শুধু দুটি হাত দিয়ে আগলে রাখে ভাঙা, ক্লান্ত, অথচ ভালোবাসায় পূর্ণ মেয়েটাকে। যেন আজ শেষ থেকেই হবে নতুন শুরু।

সেদিন বিকেলের নরম আলোয় টিএসসির পরিচিত পথ ধরে হলে ফিরছিল মায়া। চারদিকে সহপাঠীদের চেনা কোলাহল, এসবের মাঝে হঠাৎ পেছন থেকে এক ডাক,

"মায়া?"

ঘুরে দাঁড়াতেই চোখে পড়ে সেই চেনা মুখ, আদিত্য। যার হাত ধরে ঢাকায় মায়ার প্রথম ভালোবাসা জন্ম নিয়েছিল। শহরের ব্যস্ততায় হারিয়ে যাওয়া এক অধ্যায় যেন হঠাৎ করেই ফিরে আসে সামনে।

মৃদু হেসে আদিত্য বলে, "চলো, এক কাপ চা খাই। অনেক দিন পরে দেখা, স্মৃতির স্বাদটাও চায়ের মতো একটু তাজা হোক।"

দুজনে পাশাপাশি বসে চায়ের কাপে চুমুক দিতে দিতে ফিরে যায় এক বছর পেছনে।

আদিত্য মায়ার চোখের দিকে তাকিয়ে হালকা হেসে বলে, "তোমায় বলার অনেক কথা ছিল, কখনো বলা হয়নি, আর এখন বলবোও না।"

মায়া জানতে চায়, "কি কথা?"

আদিত্য একটু চুপ থেকে বলে, "কিছু কথা না বলাই থাক।"

মায়া আদিত্যকে নাদিমের কথা বলে। তার নতুন সম্পর্ক, নতুন জীবন, নতুন ভালোবাসা, দ্বিধা, স্বপ্ন সব খোলাখুলি আদিত্যর সঙ্গে ভাগ করে নেয়। মায়াও জানতে চায়, আদিত্য এখন কেমন আছে। নতুন কোনো সম্পর্কে জড়িয়েছে কি না।

একটু হেসে আদিত্য উত্তর দেয়, "পুরুষ একবারই প্রেমে পড়ে। যদি দ্বিতীয় বার কাউকে ভালোবাসে, তার মাঝেও সে প্রথম জনকেই খুঁজে বেড়ায়।"

মায়া একটু অবাক হয়ে আদিত্যকে জিজ্ঞেস করে, "তুমি কি এখনো আমায় ভালোবাসো?"

আদিত্য হালকা হেসে বলে, "সব প্রশ্নের উত্তর জানতে নেই।"

মায়া ফের জিজ্ঞেস করে, "তোমার কাছে ভালোবাসা মানে কী?"

আদিত্য আকাশের দিকে তাকিয়ে বলে, "ভালোবাসা মানে কেবল প্রিয়জনকে নিজের করে পাওয়া নয়। ভালোবাসা মানে তার সুখে শান্তি খুঁজে পাওয়া, দূর থেকে হলেও। ভালোবাসা এমন এক অনুভূতি যার আগে-পরে কোনো হিসেব চলে না। ভাবে না, যার দিকে হৃদয় ঢেলে দিচ্ছে সে আদৌ সেই হৃদয়ের মূল্য দিতে পারবে কিনা। সে আমার আড়ালে অন্য কারো সখের নারী হবে কিনা। মানুষ ভালোবাসে তার সবটা না জেনেই। ভালোবাসা কখনো শেষ হয় না। হয়তো যাকে ভালোবাসা হয়, সেই সত্তাটি ভালোবাসার মানুষের দেহ থেকে একসময় নিঃশব্দে বেরিয়ে যায়। আর নয়তো সেই সত্তাটি ছিল নিছক কল্পনা যাকে ভালোবাসার মানুষ ভেবেছিল, সে আদতে ছিল না তার ভেতরেই। ভালোবাসা আসলে দখলের ভাষা জানে না। যদি তোমার আকাশে আমার কোনো স্থান না-ও থাকে, তবুও তুমি ডানা মেলে উড়ো। যাকে ভালোবাসো

তার সাথেই উড়ো। কারণ আমি যদি হতে পারি সেই আকাশ, যে তোমার ওড়ার জন্য উন্মুক্ত, তাতেই আমার শান্তি।”

আদিত্যের কথা শুনে মায়া নির্বাক তাকিয়ে থাকে তার দিকে। কথায় কথায় সময় ফুরিয়ে আসে। দুজনই উঠে দাঁড়ায়। যাওয়ার আগে আদিত্য বলে, "ভুলে যেয়ো না আমায়। বন্ধু হিসেবে হলেও মনে রেখো। আর যদি কখনো আইনি জটিলতায় পড়ো, আমাকে জানিও। আমি পাশে থাকবো যতটা পারি, সবটুকু দিয়ে।"

মায়া হেসে বলে, "কিন্তু পেমেন্ট করব না, ঠিক আছে? ফ্রি সার্ভিস চাই!"

আদিত্য মুখটা একটু গম্ভীর করে বলে, "সেই দিন যেন আমার জীবনে না আসে।"

"কেন?" চমকে ওঠে মায়া।

আদিত্য একটুখানি হেসে উত্তর দেয়, "আমি তো তোমার শুভাকাঙ্ক্ষী। আমি কেন চাইবো তুমি আইনি জটিলতায় পড়ো? আমি চাই তুমি ভালো থাকো, সব জটিলতার ঊর্ধ্বে।"

মায়া কিছুই বলে না, শুধু অবাক দৃষ্টিতে তাকিয়ে থাকে আদিত্যের দিকে। বাতাসে ভেসে থাকা সেই বিকেলটুকু স্মৃতির পাতায় রয়ে যায় পুরনো প্রেমের মতোই না বলা অনেক কথা নিয়ে।

আদিত্য চলে যায়, যাবার আগে মায়াকে তার লেখা একটি ডায়েরি দিয়ে বলে, তোমায় না বলা কিছু অনুভূতি এখানে লেখা আছে। সময় হলে পড়ে নিও।

মায়া হলে ফিরে ব্যাগ থেকে ডায়রিটা বের করে টেবিলে রাখে। কিছুক্ষণের জন্য চুপ করে তাকিয়ে থাকে ডায়রির দিকে, যেন ওটা খুললেই কোনো বিস্ময় ঝরে পড়বে পাতার ভাঁজে ভাঁজে।

অবশেষে, সে ডায়রিটা খুলে।

প্রথম পাতা — সাদা।

দ্বিতীয় পাতাও — সাদা।

তৃতীয়, চতুর্থ, পঞ্চম... সব কেবল সাদার অলিখিত নীরবতা।

হঠাৎই শেষের দিকে গিয়ে থেমে যায় মায়ার আঙুল। শেষের দিকে একটি পাতায় হঠাৎই শব্দেরা জেগে উঠেছে।

লেখা একটি কবিতা,

তোমার শাড়ির আঁচল

এবার বৈশাখী ঝড়ে,
তোমার শাড়ির আঁচল উড়ে এসে পড়বে আমার মুখের উপর।
আমি হারিয়ে যাব সেই রঙিন আঁচলে,
নিজেকে বেঁধে ফেলব সেই রঙে, সেই মায়ায়।
তারপর আমরা একসাথে বৃষ্টিতে ভিজব।
বৃষ্টিতে ভিজে যাবে তোমার সারা শরীর,
আমি তাকিয়ে দেখব প্রাণভরে,

যেন এই প্রথম ভিজতে দেখছি তোমায়।
তুমি আমার দিকে তাকিয়ে থাকবে,
আমি তোমার চোখে ডুবে থাকব।
হটাৎ আমি বলব, "ছুঁয়ে দিতে পারি তোমায়?"
তুমি বলবে, "ছুঁয়ে দাও।"
আমি আলতো করে ছুঁয়ে দেব তোমায়।

কবিতার প্রতিটি চরণে মায়া যেন নিজেকে খুঁজে পায়, অথচ এমনভাবে নয় যেমনভাবে সে কখনো আদিত্যের সামনে গিয়েছিল। আশ্চর্য! আদিত্য তো মায়াকে কখনো শাড়ি পরতে দেখেনি। এমনকি কোনো উৎসবে বা অনুষ্ঠানেও নয়। মায়া জীবনে একবারই শাড়ি পরেছিল, সেই বিয়ের দিনে। এবং তখন আদিত্য তার জীবনে ছিল না।

তবে আদিত্য কিভাবে জানলো, শাড়িতে জড়ানো এক নিঃশব্দ সৌন্দর্য, কেবল মায়ার মাঝেই সম্ভব?

মায়া কিছুটা কিংকর্তব্যবিমূঢ় হয়ে পড়ে। সে জানে, কবিরা কল্পনা করে, কিন্তু কেউ কি এমন করে অনুভব করতে পারে, যাকে সে কোনোদিন সেভাবে চোখে দেখেনি, কেবল মনে দেখেছে?

ডায়রির পাতায় লেখা ওই কবিতার নিচে কোনো তারিখ নেই, নেই কোনো স্বাক্ষর। তবে মায়া জানে, ওটা আদিত্যই লিখেছে, শুধুই তার জন্য। একজন তাকে যেমনভাবে কখনো দেখেনি, তেমনভাবেই তাকে লিখেছে।

১০

দেখতে দেখতে কেটে যায় প্রায় এক বছর। বছরের শেষ প্রহরে ক্যাম্পাস আজ রঙিন হয়ে উঠেছে বিদায়ের মঞ্চে যেখানে আনন্দ আর অশ্রু একসাথে মিশে আছে। বিশ্ববিদ্যালয়ের প্রতিটি ইট, প্রতিটি হাসি, প্রতিটি আলপনা যেন আজ উৎসবে দুলছে। মায়াও রঙিন, নাদিমকে কিছু না জানিয়েই অংশ নেয় নাচের প্রস্তুতিতে। ব্যস্ততা কিংবা ভুলে যাওয়া যাই হোক, নাদিম আজ জানে না, তার ভালোবাসার মানুষটি আজ একদল তরুণীর সাথে শাড়ি পরে মঞ্চে উঠবে। আলো-ছায়ার খেলায় আর নৃত্যের মায়ায় 'মায়া' মাতাবে হাজারো দর্শককে।

রাত ঘনালে ক্যাম্পাসের অডিটোরিয়ামে শুরু হয় সেই প্রতীক্ষিত মুহূর্ত। আলো নিভে যায়, ভেসে আসে সুর। তারপর একে একে মঞ্চ আলো করে দাঁড়ায় ছয়জন তরুণী। তাদের চোখে উচ্ছ্বাস, দেহে ছন্দ, আর প্রতিটি নড়াচড়ায় প্রাণ। শাড়ির ভাঁজে, কোমরের দোলায়, হাতের ভঙ্গিমায় তারা রচনা করে এক জাদুকরী দৃশ্যপট। মায়া ঠিক মাঝখানে, সেই ছন্দের মধ্যেই সে আজ মেলে ধরেছে নিজেকে, নিজের ভালো লাগা, নিজের স্বাধীনতা। কিন্তু গ্যালারির ভিড় ঠেলে একজোড়া চোখ খুঁজে পায় তাকে, নাদিম। মুহূর্তেই তার ভেতরের জগতে শুরু হয় ঝড়। সে আর দর্শকের ভিড়ে মগ্ন থাকতে পারে না। অন্য সব ছেলের চোখে যে মায়াকে দেখছে, সেই দৃষ্টির বিরুদ্ধে এক অদৃশ্য লড়াই শুরু হয় তার ভেতরে। মায়ার শরীরের প্রতিটি নড়াচড়া, প্রতিটি দোলা এখন নাদিমের চোখে হয়ে ওঠে অনুচিত।

সে ভাবে, তার মায়া অন্য সবার সামনে কীভাবে নিজেকে এতখানি উজাড় করে দিতে পারে? তার নিজের একান্ত ভালোবাসার মানুষটি আজ এতজনের চোখের সামনে এতখানি উন্মুক্ত কেন? তার চোখে মায়ার প্রতিটি পদক্ষেপ যেন হয়ে ওঠে অপরাধ। হিংস্র ক্রোধ চেপে বসে নাদিমের বুকে, সে অপেক্ষা করে কখন নাচ শেষ হবে, আর সে কষে বসাতে পারবে এক চড়।

মঞ্চের আলো নিভে গেলে নাদিম মায়াকে ডেকে নেয় একপাশে। কিছু না বলে তার মুখে বসিয়ে দেয় সেই অপ্রত্যাশিত আঘাত।

মায়া স্তব্ধ। তার চোখে বিস্ময়, অপমান আর একধরনের নির্বাক আর্তি। ভীতু গলায় প্রশ্ন করে নাদিমকে, "চড় কেন দিলে?"

তার এই এক প্রশ্নের জবাবে নাদিমের মুখে শুধু বিচ্ছেদ। নাদিম ঠান্ডা গলায় বলে, "আজ থেকে তোর সাথে আমার কোনো সম্পর্ক নেই। ভাববি, নাদিম মরে গেছে। আমিও ভাববো, আমার মায়া আর নেই।"

তুই রাস্তায় নাচবি, তোর জায়গা ওখানেই। আর আমার সামনে কখনো আসিস না।

এরপর সম্পর্কের মৃত্যু ঘোষণা করে চলে যায় নাদিম, যেন তাদের গল্পটাও র্‍্যাগ ডের শেষ মুহূর্তের মতো নিভে গেল চিরতরে।

মায়া একটা সময় অনুভব করে, ভুলটা কি সত্যিই তার? নাকি ভালোবাসা নামক কোনো পবিত্র শব্দকে ভুল বুঝেছে কেউ একজন? সে বোঝে, নাদিমের ভালবাসা মানে একান্তই নিজের করে পাওয়ার আকাঙ্ক্ষা, যেখানে প্রেম আর অধিকার মিলেমিশে একাকার।

মায়া ক্ষমা চায়, কাঁদে, বোঝানোর চেষ্টা করে, ভালোবাসা মানেই শুধু বন্ধন নয়, বরং বোঝাপড়া।

অনেকটা লড়াইয়ের পর নাদিম সাড়া দেয়, ক্ষমা করে। অবশেষে বলে, "ঠিক আছে, কিন্তু ভবিষ্যতে এমন কিছু কোরো না, যা আমাকে কষ্ট দেয়।"

মায়া মাথা নাড়ে। কিন্তু তাতে থেকে যায় চিরন্তন একটা ফাঁক। তবু ভালোবাসা তো শেষ হয় না এক চড়ে, এক ঝগড়ায়।

নাদিম মায়াকে ক্ষমা করেছিল ঠিকই, কিন্তু বিশ্বাসের গভীরে জন্ম নিয়েছিল এক অদৃশ্য ফাটল। সেই ফাটলকে ঢাকতেই সে এবার আরও কঠোর হয়, আরও সুনির্দিষ্ট নিয়মে গড়ে তুলে মায়ার চলাফেরা, যোগাযোগ, এমনকি চিন্তার স্বাধীনতাও।

প্রথম প্রথম মায়া ভেবেছিল, এটা সাময়িক। হয়তো কিছুটা ভয়, কিছুটা আঘাত তাকে এমন করে তুলেছে। কিন্তু সময় গড়ানোর সাথে সাথে সে বুঝে যায়, এটা ভয় নয়, এটা তার নতুন ভালোবাসার 'শর্ত'।

নাদিম এবার কেবল একজন প্রেমিক নয়, সে যেন এক অদৃশ্য রক্ষক।

মায়ার প্রতিটি অনলাইন অ্যাক্টিভিটি এখন নাদিমের রেকর্ডে। ফোনে কোনো অচেনা নাম্বার থেকে কল আসলে নাদিম প্রশ্ন করে, "কে? কেন কল দিলো?"

কার সঙ্গে বন্ধুত্ব রাখবে আর কার সঙ্গে নয় সেটাও নাদিমের ইচ্ছেতেই হতো। বন্ধুদের সঙ্গে বের হতে চাইলে আগে তাকে জানাতে হয় কোথায় যাবে, কার সঙ্গে যাবে, কতক্ষণ থাকবে, এমনকি কী পরবে তাও। রাতের ঘুমও হয় নজরদারির মধ্যে, সে গল্প শোনে কার কাছ থেকে? মেসেজ করে কার সঙ্গে?

নাদিম বারবার বলে, "আমি তোমায় ভালোবাসি, তাই নিরাপদ রাখতে চাই। ভুল করেছো একবার, আবার হতে দিতে পারি না।"

মায়া চুপ করে থাকে। হয়তো মন থেকে ক্ষমা চেয়েছে সে, কিন্তু এভাবে প্রতিনিয়ত নিজেকে প্রমাণ করতে করতে একসময় সে ক্লান্ত হয়ে পড়ে।

তবুও সে চেষ্টা করে।

সে চায় এইবার সব ঠিক হোক।

সে চায় নাদিম আবার আগের মতো হোক।

সে ভাবে, হয়তো সময়ের সঙ্গে সঙ্গে সবকিছু বদলে যাবে।

কিন্তু না, সময় এখানে যেন আরও কঠিন শাসকের জন্ম দেয়।

ভালোবাসা এক অসীম অনুভূতি। কিন্তু যখন ভালোবাসা তার সীমা অতিক্রম করে অধিকার হয়ে ওঠে, তখন তা হয় বিষাক্ত। মায়ার হৃদয়ের গভীরে ছিল প্রেমের জন্য অন্ধ বিশ্বাস, ধৈর্য আর নিজের অস্তিত্ব হারিয়ে ফেলার প্রস্তুতি। সে বিশ্বাস করেছিল, ভালোবাসা মানেই সবকিছু বিলিয়ে দেওয়া, বিনিময়ে না পাওয়ার

অস্থিরতায়ও মুঠো ভরে তৃপ্ত থাকা। একসময় নাদিম শুধু প্রেমিক ছিল, কিন্তু ধীরে ধীরে সে মায়ার জীবনে স্বঘোষিত স্বামীর ভূমিকায় অবতীর্ণ হয়।

প্রথম প্রথম মায়া বুঝতেই পারেনি এটি ভালোবাসার নামে ছদ্মবেশে আধিপত্য। কিন্তু সময়ের সাথে, সে অনুভব করে সে যেন এক মানসিক কারাগারে বন্দি। তার আর নিজের মত করে কিছুই নেই। ফেসবুক, ইনস্টাগ্রাম, এমনকি ইমেইলের পাসওয়ার্ডও নাদিমের হাতে। যেন সে তার জীবনের নিয়ন্ত্রক। দিন দিন মায়া বুঝতে পারে সে নিজের ভেতরের সত্তাকে হারিয়ে ফেলেছে। বন্ধ হয়ে গেছে তার গান শোনা, মুভি দেখা, কিংবা ঘুমাবার আগে প্রিয় গল্প শোনা।

সে নাদিমকে বলে, "তুমি ছাড়া কিছুই করতে পারি না আমি, এমন এক জায়গায় দাঁড়িয়ে আছি যেখানে নিজের জন্য একটুও সময় নেই আমার। সারাক্ষণ প্রেম আর প্রেম! কিন্তু এসবের বাইরেও তো একটা জীবন আছে, নিজের স্পেস আছে, একটু চুপচাপ থাকবার অধিকার আছে। তুমি ভালোবাসো, তাই যদি সত্যি হয় তবে বিশ্বাস করো। ভালোবাসা মানেই তো মুক্তি দেওয়া।"

নাদিম শোনে, কিন্তু বোঝে না। প্রতিবারই তার প্রেমের সংজ্ঞা হয়ে দাঁড়ায় প্রতিনিয়ত প্রমাণ চাই, অবিচ্ছিন্ন উপস্থিতি চাই। ফলাফল? দূরত্ব, ঝগড়া এবং একসময় যোগাযোগ বন্ধ হয়ে যাওয়া।

হঠাৎ মায়া একদিন তার সকল সোশ্যাল মিডিয়ার পাসওয়ার্ড বদলে ফেলে। সে আর চায় না, কেউ তার মনের দরজায় পাসওয়ার্ড চেয়ে দাঁড়িয়ে থাকুক।

শুরু হয় মায়ার এক নতুন ভার্চুয়াল অধ্যায়। নাদিমের বন্ধন থেকে বেরিয়ে এসে সে যেন হঠাৎ করে নিজেকে আবিষ্কার করে এক অচেনা, উন্মুক্ত জগতে। সেই জগতে নেই কোনো শাসন, নেই কোনো অনিচ্ছাকৃত জবাবদিহিতা।

একদিন, দুইদিন... ক্রমে তার বন্ধুতালিকায় জায়গা করে নিতে শুরু করে নানা শ্রেণির মানুষ। কেউ ডক্টরেটধারী গবেষক, কেউ প্রকৌশলী, কেউ আইনজীবী, কেউ বিসিএস ক্যাডার কিংবা করপোরেট দুনিয়ার অভিজাত মুখ। মায়ার ইনবক্সে ঢুকে পড়ে জ্ঞানের আলো, চিন্তার বিনিময়, আর সেইসব কথোপকথনের রেশে নতুন এক বোধ আসে তার মনে। সে শুধু কারও 'প্রেমিকা' হয়ে বাঁচার জন্য জন্মায়নি।

আলোচনার বিষয়বস্তু পাল্টায়। আর প্রেমের ক্লান্ত সংলাপ নয়, এখন তার চা হাতে ঘণ্টার পর ঘণ্টা কেটে যায় সাহিত্য, সিনেমা, বিজ্ঞান, দর্শন আর রাজনীতির ভেতর দিয়ে। অদ্ভুত এক আত্মপ্রাপ্তি জন্মায় তার ভেতর। এই মানুষগুলোর সাথে মায়ার নেই কোনো অতীতের জটিলতা, নেই ভবিষ্যতের দাবি, আছে শুধু বর্তমানের সৎ বিনিময়।

সে বোঝে, সে আসলে এতদিন নিজের সক্ষমতাকেই না চেনে, কেবল একজনের 'বিশ্ব' হয়ে থাকতে চেয়েছিল। অথচ সে নিজেই হতে পারত এক 'জগত', যেখানে অনেক নক্ষত্র জ্বলে, অনেক আকাশ ছুঁয়ে যায়।

এই নিস্তব্ধতার মাঝে মায়া খুঁজে পায় এক অচেনা রঙ। ফেসবুকে পরিচয় হয় তানভীরের সাথে। ফিনল্যান্ডে পড়াশোনা করা এক আত্মবিশ্বাসী তরুণ। তাদের

কথোপকথনে ছিল হালকা হাওয়া, ভরসা, এবং শ্রদ্ধাবোধ। সে মায়াকে কোনো প্রশ্ন করে না, কোনো নির্দেশ দেয় না, শুধুই শোনে তার দিন কেমন কাটলো, কেমন অনুভব করছে, কী পড়ছে।

তানভীরের সঙ্গে কথা বলতে বলতে মায়া একদিন বুঝে ফেলে সে সত্যিই জীবিত। নাদিমের দখলদারিত্ব থেকে বেরিয়ে এসে সে আবার হাঁটতে শিখছে নিজের পথে। সে ব্যস্ত হয়ে পড়ে তানভীরের কথায়, ভুলে যায় নাদিমের পাঠানো মেসেজ 'সিন' করতেও।

এদিকে মায়ার ব্যস্ততা দেখে সন্দেহ জন্মায় নাদিমের মনে। সে পরিকল্পনা করে একটি নাটকীয় ধোঁকা।

একদিন হঠাৎ, নাদিম ফোন করে বলে, "তুমি কি জানো, আমি সবসময় তোমায় পর্যবেক্ষণ করি? তোমার ফেসবুক অ্যাকাউন্ট আমার এক্সেসে। কে তোমায় মেসেজ দেয়, কোন উদ্দেশ্য নিয়ে মেসেজ দেয়, কী লিখে, আমি সব জানি।"

মায়া স্তব্ধ। সে শঙ্কিত হয়। যদি সত্যিই হ্যাক করে থাকে? তার ভেতরে ভয় চেপে বসে। কিন্তু সেই ভয়ই তাকে সত্যের মুখোমুখি দাঁড় করায়। সে জানতে চায়, "আমি কাকে মেসেজ দিই? কী বলি?"

নাদিম আসলে হ্যাক করেনি, কেবল ভয় দেখিয়েছে মায়াকে। তার জানা কিছুই নেই।

তাই সে একটু বুদ্ধি খাটিয়ে উত্তর দেয়, "যেহেতু কাজটা তুমি করেছো সেহেতু তুমি সব জানো, কেন চাও আমার মুখ থেকে শুনতে? আমি স্ক্রিনশট দেব? তুমি চাও আমি তোমাকে এক্সপোজ করি? আমার যদি বলতেই হয় তবে এক্সপোজ করে বলবো। আমায় কেন ঠকালে? কেন আমি থাকা সত্ত্বেও আরেকজনের সাথে কথা বলতে হয়? আমি কি অপূর্ণ ছিলাম? ভালো না লাগলে ব্রেকআপ করে দিলেই পারতে। কি দরকার ছিল এই ছলনার?"

মায়া বলে, "তুমি যদি জানো, তবে কেন আমার মুখ থেকে শুনতে চাও? আমি কি তোমার দাসী? আমার কি একটুও সামাজিক জীব হিসেবে আলাদা অস্তিত্ব নেই? আমি কি তুমি ছাড়া আর কারো সাথে কথা বলতে পারব না? আমি কি তোমার বিয়ে করা বউ? আমায় কিনে নিয়েছো কি?"

নাদিম স্তব্ধ। মায়ার কণ্ঠে এমন দৃঢ়তা আগে কখনো শোনেনি সে। একসময়, মায়া স্বীকার করে নেয়, হ্যাঁ সে তানভীরের সাথে কথা বলে।

নাদিম প্রশ্ন করে, "তবে কি আমি অপূর্ণ ছিলাম? ভালো না লাগলে বলতে পারতে। ব্রেকআপ করে চলে যেতে পারতে। এভাবে ছলনা কেন?"

এই প্রশ্নের উত্তরে মায়া বলে, "ভালোবাসা মানেই কি নিজের সবটুকু হারিয়ে ফেলা? আমি তো তোমায় ভালোবাসতাম, এখনো ভালোবাসি, কিন্তু নিজের অস্তিত্ব হারিয়ে নয়। ভালোবাসা তো শুধু কাছে টানার বিষয় নয়, ভালোবাসা মানেই আস্থা। আর তুমি তা রাখোনি।"

নাদিমের চোখের সামনে ভেসে ওঠে মায়ার পরিবর্তন, তার আত্মবিশ্বাস, তার ব্যক্তিত্ব।

নাদিম বুঝতে পারে তার ভালোবাসা ছিল শর্তযুক্ত। তার অধিকার ছিল মায়ার ওপর, কিন্তু সামর্থ্য ছিল না তাকে বোঝার। মায়ার ব্যক্তিগত স্পেস, ইচ্ছা, পছন্দ সবই সে নিয়ন্ত্রণ করতে চেয়েছিল নিজের ভালোবাসার নামে। কিন্তু এখন সে বুঝে গেছে, ভালোবাসা মানেই এমন কিছু নয়।

অবশেষে, মায়ার পরিবর্তন দেখে নাদিম নতুন করে চিন্তা করে। তার মায়া আর তার নেই, তবু কোথাও না কোথাও মায়া এখনো ভালোবাসে তাকে। সে ক্ষমা করে দেয়। দুজনেই ফিরে আসে আবার নতুনভাবে প্রাপ্তবয়স্ক বোঝাপড়ার পরতে পরতে গড়া এক সম্পর্ক নিয়ে।

তারা নতুন করে শুরু করে, এবার আর আবেগ দিয়ে নয়, পরিণত এক সিদ্ধান্ত দিয়ে। প্রত্যেকে রাখে নিজের কমফোর্ট জোন, নিজের মত প্রকাশের স্বাধীনতা, নিজের মতো চলার অধিকার। নাদিম এবার বুঝতে পারে প্রেম মানেই প্রমাণ নয়, প্রেম মানে বোঝাপড়া, শ্রদ্ধা এবং বিশ্বাস।

১১

ঢাকা বিশ্ববিদ্যালয়ের প্রথম বর্ষের শেষের দিকে, যখন ফাইনাল পরীক্ষার চাপ চরমে, ঠিক তখনই মায়ার জীবনের সবচেয়ে নির্মম সংবাদটি আসে। গ্রামের বাড়ি থেকে ফোন করে জানানো হয়, তার বাবা গুরুতর অসুস্থ। ডাক্তার নাকি খুব বেশি আশার কথা বলছে না।

মা কাঁদতে কাঁদতে ফোনে বলে, "তোর বাবার চোখে শুধু তোকে দেখার অপেক্ষা, মা... যদি একবার আসতে পারিস।"

মায়া ফোন হাতে নিঃশব্দ হয়ে বসে থাকে। নাদিম পাশে ছিল, তার চোখে ভয় আর অস্থিরতা। সে বলে, "চলো, আমি সঙ্গে যাই। এখন যাওয়া দরকার। পরীক্ষার চেয়ে এই মুহূর্তে ঘরে ফেরা বেশি জরুরি।"

কিন্তু মায়ার ভেতরের কণ্ঠ বলে, "না, আমি এখন যাবো না।"

মায়ার ভেতরে তখন দোটানা। একদিকে বাবা, যিনি সারাজীবন কষ্ট করে মেয়েকে এই জায়গায় এনেছেন, আর অন্যদিকে স্বপ্নের বিশ্ববিদ্যালয়ে ভালো রেজাল্ট করার জন্য দিনের পর দিন লড়াই।

সে ভাবতে থাকে, "যদি এখন যাই, পরীক্ষা তো মিস হবে। এই একটা বছর তো আমার ভবিষ্যতের ভিত। একটা ভুল সিদ্ধান্তে সব শেষ হয়ে যেতে পারে। বাবা তো আমায় এই জায়গায় আনতে চেয়েছিলেন। আমি যদি ব্যর্থ হই, তাহলে তো তারই স্বপ্ন ভেঙে যাবে।"

দিনগুলো গড়াতে থাকে। বাবার অবস্থা আরও খারাপ হয়। মা বারবার ফোন করে, ছোট বোন ফোন করে, গ্রামের আত্মীয়রা বার্তা দেয়। কিন্তু মায়া তখন নিজের চারপাশে এক ধরনের দেয়াল তুলে নেয়। কারও ফোন ধরে না, নিজেকে গুটিয়ে রাখে।

সে শুধু ভাবে, "পরীক্ষাটা শেষ হোক, তারপর যাবো।"

সে চোখ বন্ধ করে ভেবে নেয়, বাবা বুঝবে।

বাবা সবসময় বলতেন, "মায়া, তুই পড়াশোনার দিকেই মন দে। আমাদের কিছু চাই না, তুই মানুষ হ।"

মায়া সেই কথাগুলোকেই নিজের সিদ্ধান্তের পক্ষে যুক্তি বানিয়ে নেয়।

কিন্তু এক সন্ধ্যায়, ঠিক যখন সে পরীক্ষার প্রস্তুতির মাঝে একটা প্রশ্ন সমাধান করতে বসেছে, তার ফোন বেজে ওঠে। মেসেজ আসে ছোট বোনের কাছ থেকে: "বাবা আর নেই।"

মায়ার চারপাশটা হঠাৎ নিস্তব্ধ হয়ে যায়। কেউ যেন এক মুহূর্তেই তার পৃথিবীটাকে থামিয়ে দিলো।

"বাবা আর নেই" এই তিনটি শব্দ শুধু শব্দই ছিল না, যেন কোনো অদৃশ্য হাত তার বুক চিরে এক নিঃশেষ শূন্যতা ঢেলে দিলো। চোখ দিয়ে অশ্রু পড়ছে, কিন্তু সেই কান্না যেন কোনো সুরহীন আর্তনাদ। সে চুপ করে বসে থাকে, বাবার ব্যবহৃত চশমা,

জামা কিংবা কলমের কথা মনে পড়ে। বুকের ভেতর চিনচেনে ব্যথা, কান্নার শব্দটা যেন গলায় আটকে গেছে।

কেউ আর মাথায় স্নেহভরে হাত বুলিয়ে দেবে না, কেউ আর বলে উঠবে না, "মায়া, তুই ঠিক আছিস তো?"

সেই একটামাত্র মানুষ যার কাছে মায়া ছিল শুধুই মায়া, কোনো শর্ত ছাড়া ভালোবাসা, যা আজ আর নেই।

নাদিম জানতো কিছু একটা ঘটেছে। সে চুপচাপ এসে পাশে বসে। মায়া ফিসফিস করে বলে, "আমার বাবা মারা গেছে।"

আজ মায়া এতিম হয়ে গেল। শুধু জীবনের কাছে নয়, স্মৃতির কাছেও। তার বাবা চলে গেছেন না ফেরার দেশে। শহরের যান্ত্রিক কোলাহলে বসে থাকা মায়ার চোখে একে একে জেগে উঠতে থাকে শৈশবের গ্রাম, কাদামাখা পথ, বাঁশঝাড়ের নিচে বিকেলবেলা বসে থাকা তার বাবা, আর বাবার সেই অমলিন হাসি।

মায়ার মনে পড়ে সেই সকালে ঘুম ভাঙার শব্দ। বাবার হাঁক, "মায়া, স্কুলে যাবি না?"

ছোটবেলায় যখন সে স্কুলে যেতে চাইতো না, বাবা কাঁধে তুলে নিতো। বলত, "মেয়েরা আকাশ ছুঁতে পারলে পৃথিবীটা আরো সুন্দর হবে।"

ঝড়ের রাতে, যখন ঘরের চাল থেকে পানি পড়তো, বাবা তাকে বুকের মধ্যে জড়িয়ে বলতো, "ভয় পেয়ো না মা, আমি আছি।"

অথচ আজ, সেই মানুষটাই নেই। সেই গলা, সেই উষ্ণতা, সেই আশ্বাস, সব কিছু চিরতরে নিঃশব্দ হয়ে গেছে।

কোন এক কুরবানির ঈদে, গ্রামের প্রতিটি উঠোনে যখন উৎসবের ছোঁয়া, হাসি, হইচই, আর মাংস রান্নার সুবাস তখন তাদের ঘরটিতে ছিল নিস্তব্ধতা। তারা কুরবানি দিতে পারেনি, প্রতিবেশীর ঘর থেকেও কোনো মাংস আসেনি। ছোট্ট মায়া তখন কাঁধে আঁচল ঝুলিয়ে বাবার কাছে এসে দাঁড়ায়। তার চোখে ছিল একরাশ শিশুসুলভ চাহনি, আর ঠোঁটে মৃদু কাতর স্বর,

"বাবা, আজ আমি একটু মাংস খাবো, হ্যাঁ?"

কোনো কিছুর তোয়াক্কা না করে সেই পুরোনো লুঙ্গি, গায়ে গামছা, আর হাতে একটি পুরাতন পলিথিনের ব্যাগ নিয়ে বেরিয়ে পড়েন তিনি। এক বাড়ি, দুই বাড়ি করে হাঁটতে থাকেন মেঠোপথে। কারো দরজায় কড়া নাড়েন, কারো উঠোনে দাঁড়িয়ে হন অনুনয়ী। কেউ অবহেলায় ফিরিয়ে দেয়, কেউ মুখ ফিরিয়ে নেয়, কেউ আবার একটু মাংস বাড়িয়ে দেয়, সঙ্গে ব্যঙ্গভরা দৃষ্টি।

বিকেলের দিকে সেই ব্যাগ ভর্তি করে বাবা ফিরে আসে ঘরে। হাঁপাতে হাঁপাতে বলে, "দেখ মা, তোর জন্য কত মাংস এনেছি।"

আর সেই মাংস দিয়েই ছোট্ট একটি পাতিল চড়ানো হয় চুলায়। রান্না শেষে বাবাই প্রথম তুলে দিলেন এক টুকরো মাংস মায়ার প্লেটে, চোখে ঝলমলে এক

আনন্দের দীপ্তি। তখন মায়া কিছুই বুঝত না। না সমাজের নির্মমতা, না সেই ব্যাগ হাতে ঘুরে বেড়ানো বাবার আত্মসম্মানের মূল্য।

আজ, অনেক বছর পর সেই দিনটির মূল্য বুঝে বুক ফেটে কাঁদে মায়া। তার বাবার ভালোবাসা ছিল অবিনাশী, স্নিগ্ধ, আর বড্ড অগাধ। মাংস নয়, সেদিন তিনি তুলে দিয়েছিলেন মায়ার সামনে এক জীবনের শ্রেষ্ঠ ভালোবাসা।

মায়া শুধু বাবা হারায়নি, হারিয়েছে একটা সময়, একখণ্ড শৈশব, একটুকরো গন্ধ, আর একটা নি:শর্ত আশ্রয়। এখন মায়া জানে, কেউ আর তাকে দোলনায় তুলে ঘুম পাড়াবে না, কেউ আর তার কপালে চুমু খেয়ে বলবে না, “তুই আমার গর্ব।”

মায়ার হাতে হাত রেখে নাদিম বলে, "আর দেরি নয়, চলো এখনি যাই। বাবাকে শেষ দেখাটা দেখা উচিত।"

কিন্তু মায়া মাথা নাড়ে, "না, এখন না। পরীক্ষা শেষ না হওয়া পর্যন্ত না। বাবা তো এমনিতেও আর নেই। এখন গেলে কী হবে? আমি শেষ দেখাটা মিস করেছি... তবুও, আমাকে শেষ লড়াইটা দিতে হবে।"

নাদিম বোঝে তাকে বুঝানোর ভাষা নেই। শুধু পাশে বসে থেকে তার কাঁধে মাথা রাখতে দেয়।

পরীক্ষা শেষ হয়। সবাই আনন্দে গেট দিয়ে বেরিয়ে আসে, ফটো তুলে, আকাশের দিকে তাকিয়ে চিৎকার করে বলে, "ফার্স্ট ইয়ার শেষ!"

মায়া দাঁড়িয়ে থাকে নিঃশব্দে। নাদিম তার পাশে এসে দাঁড়িয়ে বলে, "চলো, এবার যাওয়া যাক।"

শোকের ভার মাথায় নিয়ে বিকেলের ট্রেন ধরে তারা। গন্তব্য মায়ার শৈশব, বাবার কণ্ঠে সন্ধ্যার আজান, আর সেই ঘর, যেখানে এখন শুধুই শোকের ধোঁয়া উঠছে। জানালার পাশে বসে থাকা মায়া একটানা তাকিয়ে থাকে সূর্যাস্তের দিকে। মনে পড়ে যায় বাবার শেষ দেখা মুখটা, শেষ কথা, শেষ হাসি। নাদিম পাশে নীরবে বসে শুধু মাঝে মাঝে মায়ার কাঁপা হাতটা চেপে ধরে নিজের উষ্ণতায়।

যতই ট্রেন এগোয় গ্রামের দিকে, ততই যেন স্মৃতিগুলো হাহাকার করে মায়ার ভেতরে জেগে ওঠে। বাবার কণ্ঠ, স্নেহমাখা দৃষ্টি, তার প্রতি মমতার স্পর্শ সব মিলিয়ে বুক ফেটে কান্না আসে। শেষমেশ সব বাঁধ ভেঙে যায়। কোনো আগাম সংকেত না দিয়েই হাওমাও করে কেঁদে ওঠে মায়া। ট্রেনের আওয়াজে সেই কান্না মিশে যায় বাতাসে। ট্রেন চলতে থাকে বাবা ছাড়া এক পৃথিবীর দিকে।

পথ ছিল দীর্ঘ, ক্লান্তি ঘনিয়ে এসেছে শরীরে ও মনে। তারা বাড়ি ফিরে সন্ধ্যা পেরিয়ে রাতের গভীরে। বাড়ির সামনে লোকজন আর নেই, কবর হয়ে গেছে অনেক আগেই। মা দরজা খুলে দেখে মায়াকে। চোখে জল, ঠোঁটে চাপা রাগ আর বিষাদের ছায়া। কিছু না বলে মা ফিরে যায় ঘরে। উঠোনে বসে পড়ে মায়া। বাবার প্রিয় গামছাটা এখনো শুকাতে দেওয়া আছে। হয়তো ভুলে কেউ নামিয়ে নেয়নি। গন্ধটা এখনো বাবারই। সে গামছাটা বুকে চেপে ধরে। এই প্রথম বাবার গামছা বুকে চেপে ধরে সে কাঁদে, খুব কাঁদে। যেন বাবাকেই জড়িয়ে ধরে কাঁদছে।

তার চোখের সামনে ভেসে ওঠে বাবার মুখ। যে মানুষটা ভোরের আলো ফোটার আগেই খালি পেটে ঝালমুড়ির ভ্যান নিয়ে স্কুলের সামনে চলে যেতেন শুধু এই মেয়েটার পড়াশোনার খরচ জোগাতে। প্রতিটা ঈদে সে নিজের জন্য কিছু না কিনে মায়ার জন্য জামা কিনে আনতেন। বাড়িতে যখন খাবার কম পড়তো, বাবা নিজের ভাগটা সরিয়ে রাখতেন আর মায়াকে বলতেন, 'আমি খেয়েছি মা, তুই খেয়ে নে।' অথচ মায়া জানতো বাবা কিছু খায়নি। সেই মানুষটা শেষ সময়ে শুধু একবার মায়াকে দেখতে চেয়েছিল। আর মায়া সেটা দিতে পারেনি। মায়া এখন বুঝতে পেরেছে, কিছু অনুশোচনা আজীবন বয়ে বেড়াতে হয়। কিছু ভালোবাসার ঋণ থাকে, যা শোধ হয় না কখনোই।

মায়া বারান্দায় বসে থাকে গভীর রাত পর্যন্ত। মা কাছে এসে বলে, "তোর বাবা শেষ সময়টায় শুধু তোর নাম নিয়েছিল, বলেছিল, মায়া পড়ছে, ও ভালো করছে তো? আমি মরলেও শান্তি পাব যদি জানি ও ভালো মানুষ হয়েছে।"

মায়া কোনো কথা বলতে পারে না। বুকের ভেতর এতদিনের জমে থাকা আত্মঅভিযোগ, অনুশোচনা, সব একসাথে ছুটে আসে। সে ভাবে, ক্যারিয়ার কি এতই বড়? এতটাই? যে বাবার মুখটা দেখা হলো না! তার ভেতরে হঠাৎ করে সবকিছু যেন প্রশ্নবিদ্ধ হয়ে ওঠে।

তবুও সময় চলে যায়, তারা ফিরে আসে ঢাকায়। বিশ্ববিদ্যালয়ে দ্বিতীয় বর্ষ শুরু হয়। সবাই নতুন বই, নতুন ক্লাস, নতুন বন্ধু নিয়ে ব্যস্ত। মায়া বাইরের দিক থেকে স্বাভাবিক। ক্লাস করে, প্রেজেন্টেশন দেয়, ফেস্টে যায়। কিন্তু ভেতরে সে যেন প্রতিদিন বাবাকে হারানোর দায়ে নিজেকে ধিক্কার দেয়। কখনো কখনো নাদিমকে বলে, "আমি কি খুব স্বার্থপর ছিলাম?"

নাদিম কিছুক্ষণ চুপ থেকে বলে, "তুমি তখন তোমার বিশ্বাসে ছিলে। তুমি ভেবেছিলে, বাবার স্বপ্নটাই পূরণ করছো।"

সে কথা শুনে মায়া একটু শান্ত হয়। কিন্তু বাবার কথা তার মাথা থেকে এক মুহূর্তও মুছে যায় না। ক্যাম্পাসে বসে হঠাৎ হঠাৎ বাবার মুখ মনে পড়ে যায়। মনে পড়ে, বাবার কণ্ঠ, সেই মায়াভরা চোখ, আর হাজার কষ্টেও মেয়েকে কলেজে পাঠানোর দৃঢ়তা।

মায়া বুঝে, সবকিছু অর্জনের মাঝেও কিছু না পাওয়া থেকে যায়। বাবা যেন প্রতিদিন তার পাশে হাঁটে, নীরবে বলে, "ভালো থাকিস মা। তুই ভালো কর, আমি তোর সাথেই আছি।"

আর মায়া প্রতিদিন একটু বেশি শক্ত হয়, একটু বেশি সচেতন হয়, আর নিজের মধ্যে বাঁচিয়ে রাখে সেই মানুষটাকে, যে তাকে মানুষ হতে বলেছিল।

১২

নির্ঘুম কিছু রাত আর ব্যস্ত প্রবাসজীবনের ক্লান্তির মধ্যেও ফারিসের মনে বারবার একটাই নাম ভেসে আসে, মায়া। কত বছর কেটে গেছে! সময় তাকে বদলে দিয়েছে, পরিণত করেছে, কিন্তু মায়ার প্রতি ভালোবাসা যেন এখনও চিরস্থির। বহুবার সে চেয়েছে ভুলে যেতে, নিজেকে বোঝাতে, "যে যায় সে আর ফিরে আসে না।"

তবুও হৃদয়ের গভীর থেকে একটাই কণ্ঠস্বর বার বার ভেসে আসে, "মায়া ফিরবে, একদিন না একদিন।"

ফারিস বিশ্বাস করে, যদি সে কাউকে মন থেকে ভালোবাসে, তাহলে সেই ভালোবাসা কখনও একপাক্ষিক থাকে না। আজ নয়, কাল নয়, পরশু, কিন্তু ভালোবাসার বীজ একদিন ফল দেবেই। এই আশাতেই সে দিন গুনেছে। তবে আর না, এবার ফারিস সিদ্ধান্ত নিয়েছে, সে দেশে ফিরবে, চিরচেনা সেই মাতৃভূমিতে।

বিদেশের নীল সন্ধ্যায়, শহরের ব্যস্ততম এক শপিং মলের চকচকে গ্লাসের দেয়াল ভেদ করে ফারিস ঢুকে পড়ে এক অভিজাত ব্র্যান্ড শপে। এটাই তার প্রথমবারের মতো ব্র্যান্ড শপে আসা। নিজের জন্য ফুটপাত থেকে কেনাকাটা করে অভ্যস্ত হলেও মায়ার জন্য ফুটপাতের পণ্যের উপর রুচি হয়নি তার।

মন বলল, "মায়ার জন্য আজ কিছু কিনে ফেলি, একটু দামী, একটু সৌখিন।"

যেন সেই মায়ার হাতের মতোই কোমল কিছু খুঁজছে সে। অথচ জানে, এমন কোমলতা বাজারে বিকোয় না।

শপিং মলে হাটতে হাটতে হঠাৎ তার চোখে পড়ে একজোড়া পার্ল ঝোলানো কানের দুল। সাদা, শান্ত, সূর্যের মতো উজ্জ্বল নয় বরং চাঁদের মতো নরম আলোয় ভরা। 'মায়ার মতোই তো', মনে মনে বলল ফারিস। পারফিউম সেকশনে গিয়েই তার মনে পড়ে মায়ার ঘুমন্ত শরীরের গন্ধ। সে তুলে নেয় এক বোতল হালকা ফ্লোরাল গন্ধের সুগন্ধি। এরপর একে একে একটি কালো বোরকা, এক টুকরো নরম জায়নামাজ, আর হাতে তৈরি কিছু প্রিমিয়াম চকলেটও তুলে নেয় তার ঝুড়িতে।

বোরকার কালো কাপড়ের ভাঁজে ফারিস যেন খুঁজে পায় মায়ার লজ্জাশীলা হাঁসি, তার চোখের নিচে পড়ে থাকা চুলের আলতো পরশ। এই বোরকা যেন মায়ার আত্মরক্ষার চাদর, তার আত্মমর্যাদার প্রতীক। এরপর জায়নামাজ। সফট ভেলভেট কাপড়ে মোড়ানো ছোট্ট একখানি নামাজের আসন। ফারিস জানে, মায়া হয়তো পাঁচ ওয়াক্ত নামাজ পড়ে না, তবুও জায়নামাজটা সে মায়ার মতোই মনে করে। নরম, ধৈর্যশীল, প্রার্থনাময়। সেই জায়নামাজের প্রতিটি সুতোতে যেন সে মায়ার জন্য একরাশ মঙ্গল গেঁথে দেয়।

এত কিছু কেনার পরও ফারিসের মনে হচ্ছিল, যেন কিছু একটা বাদ পড়ে গেছে, খুব ব্যক্তিগত, খুব কাছের।

এসব ভাবতে ভাবতে হঠাৎ পুরনো স্মৃতি মনে পরে যায়। একদিন সে পাঞ্জাবি খুঁজতে খুঁজতে আলমারির দরজা খুলে। হালকা বিরক্তিভরে জামার গায়ে হাত

বাড়াতেই আচমকা একপাশে ঝুলে থাকা মায়ার পুরোনো ব্রা-টি বেরিয়ে আসে পাঞ্জাবির আড়াল ভেদ করে। ব্রার কাপ দুটি কুঁচকে গেছে, সময়ের ভারে যেন একটু বিবর্ণ, তবু নিভৃতে জেগে থাকা নারীত্বের এক নিঃশব্দ প্রতীক।

ফারিস তারাহুরো করে নিঃশব্দে সেই ব্রা-টিকে আবার জামার ভাঁজের আড়ালে লুকিয়ে রাখতে যায়, আর ঠিক তখনই দরজার পাশে দাঁড়িয়ে থাকা মায়ার চোখে ধরা পরে ফারিসের অপ্রস্তুত মুখ, যা দেখে হঠাৎ হেসে ওঠে মায়া।

হাসতে হাসতে ফারিসকে বলে, "তোমরা ছেলেরা জানোই না, একটা ভালো ফিটিং ব্রা একটা মেয়ের আত্মবিশ্বাস বাড়িয়ে দেয়।"

সেই কথা মনে করে ফারিস সিদ্ধান্ত নেয়, এবার সে মায়ার জন্য একটা নরম, আরামদায়ক, নিখুঁত ফিটিং ব্রা কিনে আনবে।

হাতে সময় খুব কম, তাই দেরি না করে এবার ফারিস চলে যায় এক অভিজাত ব্র্যান্ড শপ সিস্টার্স সিক্রেট বিডি-র আউটলেটে। যেখানে প্রতিটি পণ্য যেন পরিশীলিত সৌন্দর্যের প্রতিচ্ছবি। আজ ফারিস এসেছে শুধু মায়ার জন্য। তার জীবনের সবচেয়ে প্রিয় মানুষটির জন্য এমন কিছু কিনতে, যা যত্ন আর কোমলতার নিঃশব্দ উপহার।

দোকানে ঢুকতেই এক নতুন জগতে প্রবেশ করে সে। চারদিকে নরম আলো, সুঘ্রাণ আর পরিপাটি করে সাজানো অন্তর্বাস। সিল্ক, সাটিন, লেস, কটনের বাহার যেন ফারিসকে মুগ্ধ করে তুলে। একজন বিক্রয়কর্মী এগিয়ে এসে নরম গলায় জানতে চায়, "মেমের সাইজ জানেন?"

ফারিস একটু লজ্জা পায়, একটু হাসে, তারপর বলে, "৩৪বি... সম্ভবত।" মনে পড়ে, একদিন মায়া রাগ করে বলেছিল, "ভালো ফিট না হলে সারা দিন মুড খারাপ থাকে!"

ফারিস খুঁজে খুঁজে বেছে নেয় একটি হালকা ল্যাভেন্ডার রঙের নরম কটনের ব্রা। সে জানে, মায়ার জন্য এটা শুধু এক টুকরো কাপড় নয়, বরং যত্ন, সম্মান আর একান্ত ভালোবাসার চিহ্ন।

প্যাকেট হাতে বেরিয়ে আসার সময় তার মনে হয়, দূরদেশে থেকেও মায়ার খুব কাছাকাছি এসেছে আজ। মায়ার গায়ে লাগবে তার আনা আরাম, তার আনা ভালোবাসা। আর এই ভালোবাসার গন্ধ মিশে থাকবে মায়ার প্রতিটি নিঃশ্বাসে।

দেখতে দেখতে চলে এলো দেশে ফেরার দিন। ক্যাম্পের সবাইকে বিদায় জানিয়ে ফারিস বেরিয়ে পরলো বিমানবন্দরের উদ্দেশ্যে। যাবার সময় ফারিসের মনে হচ্ছিল, সে কোনো স্বপ্নযাত্রায় রওনা দিচ্ছে। জানালার বাইরে চোখ রেখে সে ভাবছিল, "মায়া কি বদলে গেছে?

হয়তো সে এখন বুঝেছে, ফারিস শুধু তার স্বামী নয়, তার সবচেয়ে বড় সহযোদ্ধা। হয়তো সে বুঝেছে, ভালোবাসা মানে শুধুই বন্ধন নয়, বরং সহমর্মিতা। হয়তো সে এখন আর মুখে বলবে না, কিন্তু চোখে চোখ রাখলেই বুঝে ফেলবে ফারিসের প্রতি তার অনেক না বলা কথা জমে আছে।

মায়ার মুখে যদি আর একবার হাসি দেখতে পায়, যদি বলে, "তোমাকে ছাড়া কিছুই পূর্ণ ছিল না" তাহলেই তার প্রবাসজীবনের সব কষ্ট সার্থক হবে।

দেশে ফেরার প্রতিটি মুহূর্ত ফারিস স্বপ্নের মতো কাটাতে চায় মায়ার সাথে। সে ভাবতে থাকে, তারা দুজন একসাথে বইমেলায় যাবে, রেস্টুরেন্টে খাবে, হয়তো সেই ছোট্ট চায়ের দোকানে বসে চুপ করে মায়ার চোখের দিকে তাকিয়ে থাকবে, বৃষ্টিতে ভিজবে, রিকশায় ঘুরবে।

ফারিস জানে না মায়ার হৃদয় কতটা বদলেছে, কিন্তু নিজের ভালোবাসায় সে এতটাই নিশ্চিত যে সে মনে মনে ঠিক করে রেখেছে, "যতবার দরজা বন্ধ হবে, ততবার আমি দাঁড়াবো। মায়া আমার, এটা শুধু কাগজে লেখা সম্পর্ক নয়, এটা আমার সমস্ত অস্তিত্বে জড়িয়ে থাকা একটা নাম।"

এই স্বপ্ন নিয়েই আজ ফারিস প্লেনে উঠেছে। বুকভরা আবেগ আর স্যুটকেসভরা উপহার নিয়ে ফিরেছে দেশে। আকাশ ছোঁয়ার মুহূর্তে ফারিস জানালার পাশে বসে থাকে নীরবে, নিঃশব্দে, কিন্তু ভেতরে এক সমুদ্র ঢেউ খেলে যাচ্ছে। প্লেন রানওয়ে ছেড়ে যখন মাটি থেকে ধীরে ধীরে ওপরে উঠতে থাকে, ফারিসের বুকের ভেতরেও ঠিক তেমনি এক টান শুরু হয়, মায়ার টান। জানালার বাইরে ভেসে থাকা মেঘগুলোর ভেতর সে মায়ার মুখ খুঁজে পায়। তার চোখের চাহনি, হাসির আভা কিংবা কোনো এক নীরব বিকেলের দৃষ্টি সব যেন এই মেঘের শরীরে মিশে আছে।

তার মনে পড়ে, দেশে থাকতে মায়া বলেছিল, "তুমি ফিরলে আমরা একসাথে বসে গোধূলি দেখবো।"

ফারিসের ঠোঁটে এক পশলা নিঃশ্বাস এসে জমে। এই ফেরা যেন শুধু নিজের দেশে ফেরা নয়, বরং এক বিশুদ্ধ ভালোবাসার গোধূলি ঠিকানায় ফিরে যাওয়ার নাম। এই যাত্রা শুধু যাত্রা নয়, এটা ফারিসের জীবনের সবচেয়ে প্রার্থিত প্রত্যাবর্তন, মায়ার দিকে, তাদের অসমাপ্ত গল্পের দিকে, এক নতুন শুরুর দিকে।

প্রবাসে কাটানো দীর্ঘ দুই বছরের প্রতিটি মুহূর্তে ফারিস গুনেছে ফেরার দিন। প্রতিটি চেক-ইন, প্রতিটি ঘুমহীন রাত, প্রতিটি বেতনের মাসে সে একটু একটু করে জমিয়েছে, শুধু যেন ফিরে এসে মায়ার পাশে দাঁড়াতে পারে। মনে ছিল একটাই ইচ্ছে, ফেরার পর দিনগুলো হবে একান্তই আমাদের। মায়ার হাত ধরে হয়তো ঘুরবে সেই পুরনো শহরের অলিগলি, একসাথে বসে চা খাবে কোন ফুটপাতে, কিংবা চুপচাপ বসে থাকবে বৃষ্টির সন্ধ্যায়। কথা না হোক, শুধু মায়া পাশে থাকলেই হবে।

ঢাকার কোলাহলে নামার আগেই তার চোখে ছিল মায়ার মুখ। কিন্তু অবতরণের দিনেই যেন স্বপ্নের প্রথম ধাক্কাটা সে খায়।

ফারিসের ফোন ধরেই মায়া বলে, "আমি এখন আসতে পারছি না, হাতে অনেক কাজ। পরীক্ষার রেজাল্ট বেরোবে, গ্রুপ মিটিং আছে।"

ফারিস প্রথমে অবাক হয়নি। সে জানে, শহুরে জীবনে ব্যস্ততা নিত্যসঙ্গী। মায়া বড় হয়েছে, বেড়েছে তার দায়িত্ব। ফারিস ভেবেছিল, এক-দুদিন গেলে সব ঠিক হয়ে

যাবে। হয়তো শুক্রবারটা বেছে নেবে মায়া, কিংবা কোনো এক দুপুরে সময় চুরি করে দেখা করবে।

বিদেশ থেকে ফিরে ফারিস আর গ্রামে ফেরেনি। যে মাটিতে তার শৈশব, যে পথে হেঁটে হেঁটে বড় হওয়া, সেই গ্রাম যেন হঠাৎ করেই অর্থহীন হয়ে উঠেছে তার কাছে। এই ফেরা, এই প্রতীক্ষা, সবই তো মায়ার জন্য। তাই শহরের কোলাহলে, বহুতলের ছায়ায়, সে খুঁজে নিয়েছে এক ছোট চিলেকোঠার ঘর। পেছনের জানালা দিয়ে ভেসে আসে ট্রাফিকের শব্দ, পাশের ছাদে শুকোয় কারো পরনের শাড়ি, কিন্তু তার ঘরে সারাদিন নিঃশব্দে ঝুলে থাকে এক অনন্ত অপেক্ষা।

ফারিস মায়াকে একটি বার্তা লিখে, খুব ধীরে, অনেক না বলা কথার ওজন নিয়ে, "মায়া, আমাদের জন্য একটা ছোট চিলেকোঠায় রুম নিয়েছি। তুমি যদি ফিরে আসো, সব আবার শুরু হতে পারে। খুব বেশি নয়, শুধু দুজনের মতো করে, একটু নীরব, একটু ছায়া, আর একটু আলো নিয়ে।"

মেসেজটা লিখে ফারিস কিছুক্ষণ থমকে থাকে। আঙুল থেমে যায় ‘s e n d ’ বাটনের ওপর। তারপর, এক দীর্ঘ নিঃশ্বাসে সে পাঠিয়ে দেয় বার্তাটি।

চিলেকোঠাটা খুব বড় কিছু নয়। একটা খাট, এক কোণে পড়ার টেবিল, জানালার পাশে কিছু বইয়ের সারি, আর একপাশে স্যুটকেসে গুছিয়ে রাখা মায়ার জন্য আনা সব উপহার। ওখানেই সাজিয়ে রেখেছে বোরকা, জায়নামাজ, চকলেট, পার্ল ঝোলানো কানের দুল আর কিছু কালো গোলাপ। প্রতিটা জিনিসে যেন গাঁথা আছে তার দুই বছরের স্বপ্ন। প্রতিদিন সকালে ফারিস উঠে পর্দা সরায়, ভাবে আজ হয়তো মায়া আসবে। সন্ধ্যায় মেঘ নামলে মনে হয়, এই বৃষ্টির দিনে তো মায়া একদিন বলেছিল, "তোমার হাত ধরে ভিজতে চাই প্রিয়।"

এই ছোট ঘরটাই এখন তার আশ্রয়, তার নির্জন উপাসনালয়। ফারিস জানে না কতদিন এখানে থাকবে, জানে না মায়া আদৌ আসবে কি না। তবু সে অপেক্ষা করে। কেননা তার এই ফেরা, এই থেমে থাকা, সবই যে মায়ার জন্য। বাকিটা জীবন নয়, হয়তো কয়েকটা মুহূর্তের আশায় সে চিলেকোঠার আকাশে প্রতিদিন একটু করে মায়াকে আঁকে... নিঃশব্দে।

কিন্তু দিন গড়ালো, সূর্য অস্ত গেল একাধিকবার, তারপর কেটে গেল এক সপ্তাহ। প্রতিটি সকাল ফারিস কাটিয়েছে অপেক্ষায়, প্রতিটি সন্ধ্যায় চোখ রেখেছে ফোনের স্ক্রিনে। মায়ার মেসেজে এখন আর আগের মত উচ্ছ্বাস নেই। কথাগুলো কেমন যেন কাটা কাটা, দায়সারা।

“ব্যস্ত আছি।”

“আজ থাক না, পরে দেখা হবে।”

“এখন রাগ করো না প্লিজ।”

এই কথাগুলোর ভেতরে ফারিস শুনতে পায় না সেই আগের মায়ার সুর। সেই মায়া, যে একদিন ফারিসের প্রতিটি কথায় ভিজে যেত, তার প্রতিটি মেসেজে দীর্ঘ জবাব দিত, এখন কেমন যেন পাল্টে গেছে।

ফারিস অবাক হয়, কষ্টও পায়। সে জানে না, মায়া কি বদলে গেছে? নাকি শুধু সে-ই স্বপ্ন দেখে গেছে একতরফাভাবে? তার কেন যেন মনে হতে থাকে, এই শহর তার চেনা ঢাকা নয়, এই মায়া তার সেই পুরনো মায়া নয়। প্রবাসে থাকার সময় যে মেয়েটার জন্য সে প্রতিদিন বুকভরে স্বপ্ন বুনেছে, সেই মেয়েটাই এখন তার জন্য সময় বের করতে পারে না।

ফারিসের চোখে জমে ওঠে প্রশ্ন, আর হৃদয়ে বাড়তে থাকে এক অনাবিল শূন্যতা। ফিরেই হয়তো সে হারিয়ে ফেলেছে মায়াকে? নাকি সে কখনোই মায়ার ছিল না?

যতোবারই ফারিস মায়াকে ফিরে আসতে বলে ততোবারই মায়া ব্যস্ততার অজুহাতে সত্যকে আড়াল করে। নোট, ক্লাস, সেমিনার, পরীক্ষা সব মিলিয়ে এক অদৃশ্য প্রাচীর তৈরি করে ফেলে ফারিসের সঙ্গে। অথচ ফারিস সেই প্রাচীরের ওপারে দাঁড়িয়ে থাকে প্রতীক্ষার কষ্ট নিয়ে। নিজের স্ত্রীকে কাছে না পাওয়ার যন্ত্রণা তাকে গিলে খেতে শুরু করে। নিঃশব্দে হতাশা জমে তার চোখে-মুখে।

একদিন ফারিসের মা ফোন দিয়ে জিজ্ঞেস করে, "কি রে বাবা, বউমা আইতেছে না কেন?"

ফারিস শুধু নিরুত্তরে ফোনের স্ক্রিনে তাকিয়ে থাকে, কণ্ঠে কোনো শব্দ ওঠে না। তার চোখেমুখে জমে থাকা নীরবতা মাকে যেন সব বুঝিয়ে দেয়।

এ শহরে শত মানুষের ভিড়েও সে আজ একা। তার চারপাশে মানুষের জীবন এগোয়, বিলবোর্ড বদলায়, ট্রাফিক সিগন্যালে আলো জ্বলে, নিভে যায়। কিন্তু ফারিস যেন এক জায়গায় দাঁড়িয়ে থাকে, সেই পুরোনো সময়ের প্রহর গুনে। ধীরে ধীরে তার ভেতরের আলো নিভে আসে, চোখের নিচে কালি জমে, ঠোঁটে আর আগের মতো হাসি খেলে না।

মায়া হয়তো আজ বিশ্ববিদ্যালয়ের সেরা ছাত্রী, সামনে বিদেশে উচ্চতর ডিগ্রির সম্ভাবনা, ক্যারিয়ারের শিখরে পা রাখছে সে। কিন্তু এই শহরের কোনো এক চিলেকোঠায়, ফারিস শেষবারের মতো কেবল অপেক্ষা করছিল। একটা দেখা, একটা ছোঁয়া, হয়তো একটা বিদায়ী আলিঙ্গন। তাও না থাক, কেবল মুখোমুখি দাঁড়িয়ে কিছু কথা হোক। ততদিনে মায়ার ফোন আসাও বন্ধ হয়ে গেছে। কদাচিৎ একটা ছোট্ট মেসেজ, "বেশি চাপ, পরে কথা বলি।"

ফারিস বুঝে নেয়। মায়া আর সেই মানুষটি নেই।

১৩

ফারিস এখন আর আগের মতো নেই। তার চোখে একরকম শূন্যতা জমেছে, যেটা কোনো সাধারণ দৃষ্টিতে ধরা পড়ে না। আগে যেই চোখে স্বপ্নের ঝিলিক ছিল, এখন সেখানে কেবল ধোঁয়ার মতো ঝাপসা অনিশ্চয়তা। সে যেন নিজের অস্তিত্বের মধ্যেই কোথাও হারিয়ে গেছে এমন এক শূন্যতায়, যেখানে শব্দ নেই, আলো নেই, নেই কোনো ভবিষ্যতের ঠিকানা।

ভোরবেলা ঘুম ভাঙার পর আয়নার সামনে দাঁড়ায় ফারিস। আয়নাটা তার ঘরের ঠিক জানালার পাশে। সূর্য উঠলেই আলো পড়ে সেই কাচের গায়ে। কিন্তু এই আলোর উজ্জ্বলতা ফারিসের চোখে পড়ে না। সে তাকিয়ে থাকে আয়নায়, নিজের প্রতিচ্ছবিকে দেখে। কিন্তু সে যা দেখে, তা আর শুধু নিজে নয়। সে দেখে মায়াকে।

"মায়া, আজ অনেক দিন হলো তুমি কিছু বলো না," ফিসফিস করে বলে ফারিস। "তুমি কি এখনো আমার পাশে আছো?"

তার কথা, তার স্বর, এমনকি তার ভঙ্গি দেখে মনে হয় যেন কোনো ছোট্ট বাচ্চা হারিয়ে যাওয়া খেলনার সঙ্গে কথা বলছে। ফারিস এখন অনেক বেশি সময় কাটায় রাস্তায়, গলিতে, মোড়ে, বাসস্ট্যান্ডে, ফুটওভার ব্রিজে। কোনো এক অনন্ত খোঁজ যেন তাকে ঠেলে নিয়ে বেড়ায় শহরের প্রান্ত থেকে প্রান্তে। কোনো মেয়ের চোখে যদি মায়ার ছায়া দেখতে পায়, আচমকাই দাঁড় করিয়ে দেয়, জিজ্ঞেস করে, "মায়া! কোথায় যাও তুমি?"

তারপর আবার ধাক্কা খায় বাস্তবতার মুখে।

"সরি, ভুল হয়েছে। খুব দুঃখিত।"

মেয়েটি হয়তো ভয় পায়, হয়তো বিরক্ত হয়, হয়তো অবাক। কেউ কেউ চিৎকার করে উঠে, কেউ হাঁটার গতি বাড়িয়ে দেয়। ফারিস দাঁড়িয়ে থাকে নির্বাকভাবে, যেন কিছুই হয়নি।

এখন তার অভ্যাস হয়ে গেছে আয়নার সামনে কথা বলা, পকেটে রাখা ছোট আয়না বের করে রিকশায় বসেই নিজেদের মধ্যে সংলাপ চালিয়ে যাওয়া। রিকশাওয়ালা সন্দেহ করে, কেউ কেউ হাসে, আবার কেউ কেউ চিন্তিত হয়ে বলে, "ভাইরে, কারে ভালোবাইসা এমন পাগল হইলেন?"

ফারিস শুনে না। সে এখন এক যোদ্ধা, এক সন্ন্যাসী, এক ধরণের আত্মিক দরবেশ যার প্রার্থনার কেন্দ্রবিন্দু শুধু মায়া।

তাকে কেউ থামাতে পারে না, কারণ কেউ তাকে আর ঠিকঠাক বোঝে না। ভালোবাসা যদি গভীর হয়, যদি কেউ কারো ভেতরে গেঁথে যায়, তাকে উপড়ে ফেলা কি এত সহজ?

ফারিসের ভেতরের যন্ত্রণাগুলো এখন কেবল ফিসফিস করে কথা বলে। হঠাৎ বাতাসে মায়ার পারফিউমের মতো কিছু গন্ধ ভেসে এলে তার মনে হয়, ও তো এখানে,

ও আমার কাছেই কোথাও। সেই সন্ধ্যাগুলো আরও বিষণ্ণ করে তুলে তাকে। বৃষ্টির ফোঁটায় সে মায়ার কান্না শুনতে পায়, শুষ্ক রোদে তার হেসে ওঠা।

কখনো কখনো ফারিস নিজেকে চিঠি লেখে, যেখানে মায়াকে সম্বোধন করে বলে, "তুমি না থাকলেও, আমি তোমার ছায়া হয়ে বেঁচে থাকব। তুমি যদি কারো ঘরে থাকো এখন, তাহলে জানো, আমার দিন কাটে তোমার ছায়ার সঙ্গে। তুমি যে শহরে হাঁটো, আমি তার প্রতিটা রাস্তায় মায়া খুঁজি। তুমি যে ছেলেকে এখন ভালোবাসো, তাকে বলে দিও, একটা পাগল আজও তোমার অপেক্ষায় পুড়ে যায়।"

চিঠিগুলো সে কখনো পাঠায় না, কেবল রেখে দেয় নিজের টেবিলের ড্রয়ারে, যেখানে আর কিছু নেই, শুধু মায়ার একটা পুরোনো ছবি, আর কিছু শুকনো কালো গোলাপের পাপড়ি।

একদিন গভীর রাতে আয়নার সামনে দাঁড়িয়ে ফারিস বলে, "তুমি জানো, আয়নাতে তুমি যতটা কাছের, বাস্তবে ততটাই দূরের হয়ে গেছো?"

কথা শেষ করেই সে হেসে ওঠে, তার হাসি দেখে আয়নার প্রতিচ্ছবিও হেসে ওঠে। বাস্তব না কল্পনা, তা এখন আর বোঝা যায় না।

মায়ার এই দীর্ঘ অনুপস্থিতি ফারিসের মনে তৈরি করেছে এক ধরণের 'পার্সিস্টেন্ট ইলিউশন'। মায়া যেন তার মনের ভেতরে এক 'বাস্তবতা' পেয়ে গেছে। বাইরের জগতের কেউ হয়তো বলে, সে নেই, সে চলে গেছে, কিন্তু ফারিসের বিশ্বাস সে আছে এই ঘরে, এই শহরে, এই দেহের প্রতিটি শিরায়।

সে বিশ্বাস করে, একদিন হয়তো মায়া ফিরে আসবে। অথবা, হয়তো তার হৃদয়ে গেঁথে যাওয়া মায়ার প্রতিচ্ছবি একদিন তাকে নিয়ে যাবে এমন এক স্থানে, যেখানে বাস্তবতা আর কল্পনার কোনো বিভাজন থাকবে না। সেখানে হয়তো মায়া আর আয়না দু'জনেই একসাথে বসবাস করবে। সেই পর্যন্ত, সে খুঁজে যাবে শহরের অলিতে গলিতে, রিকশার পেছনের আয়নায়, বাসের জানালায় পড়ে থাকা কুয়াশায়।

একদিন ঢাবির সাইকোলজি ডিপার্টমেন্টের সামনে দিয়ে হেঁটে যাচ্ছিল ফারিস। হঠাৎ, ডিপার্টমেন্টের সামনে কয়েকজন ছাত্রীকে দেখে সে ভাবে মায়া বোধহয় এখানে। সেই মুহূর্তেই তার চোখে পড়ে এক অপরিচিত মেয়ের মুখ। মেয়েটির চোখে ছিল স্নিগ্ধতা, ঠোঁটে কৌতূহলী হাসি যা ফারিসের চোখে মায়ার কথা মনে করিয়ে দেয়। এমন মুহূর্তে যুক্তি বলে কিছু টিকে থাকে না। বাস্তবতা তখন কল্পনার নিচে চাপা পড়ে যায়। ফারিস হঠাৎই এগিয়ে আসে মেয়েটির দিকে। থেমে যায় কয়েক ইঞ্চি দূরে, তারপর কণ্ঠে বিষণ্ণ আকুলতা, আর চোখে চিরন্তন আর্তি নিয়ে হাত বাড়িয়ে দেয়,

"মায়া! তুমি এখানে কেন? আমি তোমাকে পুরো শহর খুঁজেছি! চলো, আমার সঙ্গে চলো! আমি তোমার জন্য অনেক কিছু এনেছি বিদেশ থেকে!"

মেয়েটি এক মুহূর্তের জন্য থমকে যায়। সে চেনেনা এই ছেলেকে, তার চোখে দেখে ভয় আর বিস্ময়ের এক জটিল মিশেল। আশপাশের মেয়েরা প্রথমে থমকে যায়, তারপর কেউ একজন চিৎকার করে উঠে,

"এই ছেলেটা মেয়েটাকে কিডন্যাপ করার চেষ্টা করছে! ওর হাত ছাড়ো!"

লোকজন জড়ো হতে সময় লাগল না। কেউ ভাবে, ছিনতাইকারী, কেউ ভাবে নারী পাচারকারী, কেউ আবার চিৎকার করে বলে, "রেপিস্ট আসছে, রেপিস্ট!"

এর মধ্যেই একজন ফারিসের গায়ে ধাক্কা দেয়, এরপর লাথি, এলোপাথাড়ি ঘুষি, থাপ্পড়। ধীরে ধীরে ভিড় ঘিরে ধরে তাকে। শোরগোল, হৈচৈ, মানুষের উন্মত্ততা সব কিছুর মাঝে ফারিস দাঁড়িয়ে থাকে নিশ্চুপ। কিন্তু সে পালানোর চেষ্টা করে না। বরং তার চোখ স্থির সেই মেয়েটির দিকে, যাকে সে এখনো 'মায়া' বলেই ভাবছে। মুখ থেকে রক্ত ঝরছে, কপাল ফেটে গেছে, কিন্তু ফারিস শান্ত। যেন এসব আঘাতের মধ্যেই সে খুঁজে পাচ্ছে মুক্তি, এক ধরনের নীরব আত্মসমর্পণ।

ফারিস একা একা বলতে থাকে, "তুমি তো বলেছিলে ফিরে আসবে... তুমি বলেছিলে আমি তোমার অপেক্ষা করি, কিন্তু তুমি আমায় মাইর খাওয়ালে।"

ঠিক তখনই সেখানে ভীর দেখে প্রেক্ষাপট জানতে চলে আসে ঢাবির কয়েকজন শিক্ষার্থী। তাদের মধ্যে একজন ছিল ঊর্মি। ঢাকা বিশ্ববিদ্যালয়ের সাইকোলজি বিভাগের স্নাতকোত্তর ছাত্রী, মনোবিজ্ঞান চর্চায় নিবিষ্ট। ফারিসের চোখে সেই অতল দৃষ্টি, আত্মবিস্মৃত ভঙ্গি, বাস্তবতা আর কল্পনার অস্পষ্ট সীমারেখা যা ঊর্মির মনে গভীর এক সন্দেহ জাগায়। সে দ্রুত তার দুজন সহপাঠীকে ডাকে। এরপর তারা তিনজন মিলে কৌশলে ফারিসকে ভীড়ের মাঝ থেকে সরিয়ে ফেলে। তাদের মধ্যে একজন ইলহাম, যে কাছেই থাকে। তার বাসায় নিয়ে যাওয়া হয় ফারিসকে।

ছোট্ট ফ্ল্যাট, পুরোনো কাঠের জানালায় ছাঁকা আলো, একটা টেবিল ফ্যানের একঘেয়ে শব্দ, এর মধ্যেই রাখা হয় প্রায় অচেতন অবস্থায় থাকা ফারিসকে। তার শরীর জুড়ে আঘাতের চিহ্ন, ঠোঁট কাটা, কপাল ফেটে রক্ত শুকিয়ে গাঢ় রঙ নিয়েছে। জ্ঞান ফেরার পর শুধু একটিই শব্দ আসে মুখ থেকে, "মায়া... মায়া কোথায়?"

ঊর্মি চুপচাপ বসে থাকে তার পাশে। কী এক দুর্বোধ্য আকর্ষণে যেন সে নিজেকে সরিয়ে নিতে পারে না। হয়তো পেশাগত দায়িত্ব, হয়তো নিছক কৌতূহল, আবার হয়তো মানুষের একাকীত্বের আহ্বান।

সে জানে, এমন আচরণের নেপথ্যে থাকতে পারে পারসিস্টেন্ট ডিল্যুশনাল ডিজঅর্ডার, ডিপারসোনালাইজেশন সিনড্রোম, কিংবা সিভিয়ার পোস্ট-ট্রমাটিক সাইকোসিস। কিন্তু কেসটা এতটাই জটিল, এতটাই আবছা, যেন প্রতিটি উত্তর আরেকটি প্রশ্নের জন্ম দেয়। তারা ফারিসকে প্রাথমিক চিকিৎসা দেয়, জ্বর মাপা হয়, কপালে দেয়া হয় ঠাণ্ডা পানির কাপড়। ঊর্মি ধীরে ধীরে কথা বলতে চেষ্টা করে তার সঙ্গে,

"তোমার নাম কী?"

ফারিস চোখ খুলে তাকায়। অনির্দেশ্য দৃষ্টিতে বলে, "আমার নাম মায়া..."

ঊর্মি থমকে যায়। তারপর আবার জিজ্ঞেস করে,

"তুমি কাকে খুঁজছো?"

“মায়াকে। সে হারিয়ে গেছে। আমি কথা দিয়েছিলাম, ওকে ছেড়ে যাব না কখনো। কিন্তু...ও চলে গেছে।”

উর্মি এবার তার সহপাঠীদের নিয়ে বসে। তাদের মধ্যে একজন বলে, “এটা সম্ভবত শক ট্রমার কারণে আত্মপরিচয়ের বিলয়। সে হয়তো নিজেকেই 'মায়া' ভাবছে, আবার হয়তো মায়া নামটা হয়ে গেছে তার আত্মপরিচয়ের একমাত্র ধ্রুবতারা।”

উর্মি সিদ্ধান্ত নেয়, এই কেসকে সরাসরি হাসপাতালে পাঠানোর বদলে কয়েক দিনের ইনফর্মাল অবজারভেশন ও কনসার্ভ কাউন্সেলিং চালাবে। এটা কোনো ক্লাসরুম প্রজেক্ট নয়, বাস্তব জীবন। এখানে ভুল মানেই জীবনের পরাজয়।

তারা ফারিসকে গভীরভাবে অবজারভেশনে রাখে। তারা লক্ষ করে মাঝে মাঝে ফারিস কথা বলে নিজের সঙ্গে,

“তুমি জানো না, আমি কেমন থাকি মায়া! তুমি কেমন করে চলে গেলে? আমি তো কেবল তোমাকেই ভালোবেসেছিলাম...”

উর্মির মনে হয়, সে হয়তো এমন এক জগতে উঁকি দিচ্ছে, যেখানে মায়া আছে, কিন্তু ধরা দেয় না। যেখানে ভালোবাসা আছে শুধুই একতরফা।

ফারিসের কাউন্সেলিং শুরু হয় তৃতীয় দিন থেকে। উর্মি ধীরে ধীরে ফারিসের কথার ভেতর থেকে সত্যিটুকু আলাদা করতে থাকে।

মায়া ছিল, সত্যি ছিল। একটা সময় পর্যন্ত তারা একসাথে ছিল। কিন্তু কোনো এক ক্রান্তিকালে, হয়তো বিশ্বাসভঙ্গ, হয়তো প্রতারণা, বা শুধুই চিরাচরিত মনের দূরত্ব তাদের আলাদা করে দেয়। ফারিস তা মানতে পারেনি। কিন্তু তার মানতে না পারার জায়গাটা কেবল মনভাঙা ছিল না, বরং তা পরিণত হয়েছিল এক মানসিক 'ব্রেকডাউন' এ। সে তার বাস্তবতাকে মুছে দিয়ে নতুন বাস্তবতা বানিয়েছে যেখানে মায়া এখনো আছে, হয়তো ভুল বোঝে, হয়তো অভিমান করে, কিন্তু আছে।

উর্মির মনে একটা ভয় জন্ম নেয়। এই ছেলেটা যদি আবার হারিয়ে যায়? যদি আবার কোনো মেয়েকে দেখে "মায়া" বলে ডেকে ওঠে? যদি কেউ আর রক্ষা করতে না পারে?

সে নিজেকে বোঝায়, "এই মানুষটা কারো প্রাক্তন হতে পারে, কারো বোঝা, কিন্তু আমার কাছে সে একজন অসুস্থ আত্মা, যাকে সুস্থ করে তোলার জন্য একজন 'মায়া' দরকার... সত্যিকারের হোক বা না হোক।"

একদিন রাতে, যখন ফারিস ঘুমিয়ে, উর্মি কাগজে লিখে রাখে, “তোমার মায়া ফিরে আসবে না। কিন্তু তুমি তার ভালোবাসা নিজের মাঝে বহন করে চলতে পারো। নিজের ভালোবাসা নিজের প্রতিই ফিরিয়ে দাও।”

কাগজটা উর্মি ফারিসের বালিশের পাশে রেখে দেয়। পরদিন ভোরবেলা ঘুম ভেঙে ফারিস লেখাটা পড়ে। এরপর বিছানা থেকে উঠে আয়নার দিকে তাকায়... এবং আয়নায় দেখে নিজেকেই।

আর কেবল ‘মায়া’ বলে ফিসফিস করে না। শুধু বলে, “আমি এখনো বেঁচে আছি।”

আর ঠিক তখনই, শুরু হয় ফারিসের নতুন জীবন, এক নতুন চিকিৎসা, এক নতুন অধ্যায়।

ঊর্মি ও তার সহপাঠীরা সিদ্ধান্ত নেয়, ফারিসকে পেশাদার কাউন্সেলিং দিতে হবে। তারা একটি কগনিটিভ বিহেভিয়ার থেরাপি (CBT) সেশনের আয়োজন করে, যেখানে তার মানসিক অবস্থা বিশ্লেষণ করা হয়। ফারিস Post Traumatic Stress Disorder (PTSD), Delusional Disorder ও Acute Depression এর উপসর্গ দেখাতে থাকে যেখানে ফারিসের মস্তিষ্ক মায়ার স্মৃতিকে কেন্দ্র করে একটি অবাস্তব বাস্তবতা তৈরি করেছে। Cognitive Distortion এর কারণে সে বাস্তবতাকে বিকৃতভাবে দেখছে।

সেশনগুলোতে ঊর্মি ধৈর্যের সঙ্গে ফারিসের ভেতরের কথাগুলো শুনে। ধীরে ধীরে তাকে শিখানো হয়, “কিভাবে অনুভূতি চিহ্নিত করতে হয়। কিভাবে ভাঙা প্রত্যাশাকে নতুন ভাবে গঠন করা যায়। কিভাবে ‘মায়া’ নামের সত্তাটিকে বাস্তব থেকে আলাদা করে ভাবতে হয়।”

ফারিসকে "গ্রাউন্ডিং টেকনিক" শেখানো হয় যেখানে তার মনোযোগ ফিরিয়ে আনা হয় কল্পনা থেকে বর্তমানে, শারীরিকভাবে উপলব্ধ জিনিসের সাহায্যে। তাকে একটি জার্নাল রাখতে বলা হয়, যেখানে সে প্রতিদিন লিখবে: কী অনুভব করছে, কোন স্মৃতিতে যাচ্ছে, এবং কীভাবে তা থেকে ফিরছে।

দিন যায়, রাত পেরিয়ে যায়। ফারিস একদিন সকালবেলা নিজে থেকেই বলে, “আজকে রাতে আমি মায়াকে স্বপ্নে দেখিনি।”

ঊর্মি হেসে ওঠে, বলে, “তাই তো, তুমি তো এখন নিজের স্বপ্ন দেখছো।”

ফারিস এখন ধীরে ধীরে তার নতুন পৃথিবী গড়ে তুলে। সে কবিতা লেখে, তার ভেতরের ব্যথাগুলো ভাষা পায়। সে বোঝে, ভালোবাসা মানেই একজন মানুষের অধিকার না, বরং একটি অনুভূতি যেটি সে নিজের ভেতরেই ধারণ করে রাখতে পারে, মুক্তভাবে। ফারিস এখন সুস্থ, কিন্তু সে তার অতীতকে অস্বীকার করে না। সে তার যন্ত্রণাকে পরিণত করে সাহিত্যে। সে এখন একটি মেন্টাল হেলথ ক্যাম্পেইনের সঙ্গে যুক্ত, যেখানে সে নিজের অভিজ্ঞতা শেয়ার করে, অন্যদের শেখায় কিভাবে ভালো থাকতে হয় একজনের চলে যাওয়ার পরও।

একদিন এক মেন্টাল হেলথ রিকভারি ক্যাম্পেইনে সবার উদ্যেশে বলে,

মায়া ছিল এক অধ্যায়, কিন্তু জীবনের পুরো বই নয়। ভালো থাকতে হলে আগে জানতে হবে, মানুষ কেন খারাপ থাকে। মানুষের দুঃখ, হতাশা আর ক্লান্তির শিকড়ে লুকিয়ে থাকে তার চাওয়া-পাওয়ার অসামঞ্জস্যতা। আমরা যখন জীবনের, সম্পর্কের, কিংবা ভালোবাসার নির্ধারিত প্রত্যাশাগুলো পূরণ করতে না পারি, ঠিক তখনই আমাদের ভেতরে জন্ম নেয় অতৃপ্তির বিষণ্নতা।

তাই, তুমি যদি কাউকে ভালোবাসো, তার প্রতি তোমার প্রত্যাশার গাঁথুনিটা একটু ঢিলা করো। বিশ্বাস করো, সে তোমার মনের মতো হবে না। মেনে নাও, সে একদিন তোমাকে ঠকাতে পারে, না বলে অন্য কারো সাথে গভীর কথা বলতে পারে, এমনকি একই সময়ে একাধিক মানুষের জীবনে একসাথে নিজেকে জড়িয়ে ফেলতেও পারে।

হয়তো সে কোচিংয়ের 'ভাইয়া', ভার্সিটির 'বড় ভাই' কিংবা কতোজনেরই না 'ক্রাশ' হবে। তুমি দেখবে, সে তার সময় তাদেরও দেবে। আর শেষমেশ হয়তো এমন কাউকে পাবে, যাকে সে তোমার চেয়ে 'বেটার' বলে ভাববে... এবং তোমাকে ফেলে রেখে চলে যাবে।

এই কথাগুলো কঠিন, নির্মম, তবুও সত্য। তোমার অবচেতন মনে এগুলো গেঁথে দাও। নিজেকে বোঝাও যার জন্য তুমি এইসব ত্যাগ করছো, রাত জেগে ভালোবাসছো, সে শেষ অবধি তোমার হবে না। এবং তার কাছে তোমার চাওয়ারও কিছু নেই।

যখন তুমি এই নির্মমতাকে গ্রহণ করতে শিখবে, যখন তোমার হৃদয় এই অসহ্য বাস্তবতার সাথে বসবাস করতে অভ্যস্ত হয়ে যাবে তখন আর হারানোর ভয় কিংবা প্রত্যাখ্যাত হবার হতাশা তোমাকে গ্রাস করতে পারবে না। তখন তুমি মুক্ত, তখন তুমি নিঃশব্দে ভালো থাকা শিখে যাবে।

মনে রাখবে, নারীর কখনোই সখের পুরুষ হয় না, যখন যাকে ভালো লাগে তখন সেই সখের পুরুষ। আর তোমাদেরও শুধুমাত্র তাকেই ভালোবাসা উচিত, যে তাকে তুমি ছাড়া অন্য কেও ভালোবাসুক সেই সুযোগ দেবে না। সে চাইবে শুধু তুমিই তাকে ভালোবাসো, তার সমস্ত আবেগের চাহিদা শুধু তুমি একাই পূরণ করো।

সুস্থ হয়ে সে ফিরে আসে তার সেই চিলেকোঠার ঘরে। ঘরটা ঠিক যেমন ছিল, তেমনি আছে। কিন্তু সে আর আগের মতো নেই। দরজা খুলেই হিম হাওয়া ছুঁয়ে যায় তার গাল, যেন পুরোনো কোনো অভিমান জেগে ওঠে বাতাসের আড়ালে।

সে ধীরে ধীরে এগিয়ে যায় ঘরের কোণে রাখা পুরনো লাগেজটার দিকে। ধুলো জমেছে উপরে। লাগেজের চেইন খুলতেই উঠে আসে ভাজ করে রাখা কালো বোরকা, পার্ল ঝোলানো এক জোড়া কানের দুল, জায়নামাজ, হাতে বানানো কিছু চকলেট আর একটা নিজের হাতে লেখা ছোট্ট চিঠি যা এখনো দেওয়া হয়নি মায়াকে। প্রতিটা জিনিস ছুঁয়ে দেখার সময় ফারিসের চোখে মায়ার মুখ ভেসে ওঠে, ঠিক সেই ভঙ্গিতে যেভাবে সে হেসে বলবে, "এত কিছু আমার জন্য! পাগল তুমি!"

ফারিস জানালার দিকে এগিয়ে যায়। গাড়ির হর্ন, রোদের ঝিলিক, রিকশাওয়ালার হাঁকডাক, চায়ের দোকানের আড্ডা সব মিলিয়ে বাইরে শহর তার নিজের মতো করে ব্যস্ত। তবু তার কাছে সবকিছু নিঃশব্দ।

সে চোখ বন্ধ করে□ মনে পড়ে সে শিখেছে কীভাবে বাঁচতে হয়, সে শিখেছে মায়া হারিয়ে যাওয়া মানেই জীবন থেমে যাওয়া নয়।

তবুও… এই সন্ধ্যাগুলো, এই চিলেকোঠার নিঃসঙ্গ জানালা, সব যেন এক এক করে মায়াকে ফিরিয়ে আনে।

তার ভেতরে ধীরে ধীরে ফিরে আসে সেই পুরোনো ছায়া। সে বোঝে, সে ট্রমা থেকে বেরিয়ে এসেছে। সে নিজেকে বারবার বোঝায় এখন সে আর আগের সেই ফারিস নয়। তবু… কোনো কোনো রাত থেকে যায়, যেগুলো শুধু 'মায়া' নামে ডাকে। যেন কেউ তার পাশে দাঁড়িয়ে ফিসফিসিয়ে বলছে,

"তুমি কি এখনো আমাকে ভালোবাসো?"

ফারিস মৃদু হাসে।

হয়তো ভালোবাসে।

হয়তো ভালোবাসা আর ভালো থাকাকে সে এখন আলাদা করতে শিখে গেছে।

১৪

ফারিস আজ অনেকটা পরিণত, হয়তো মায়ার চেয়েও বেশি। তবুও, ফারিস আজ আর অপেক্ষা করতে চায় না। দীর্ঘদিন ধরে জমে থাকা না বলা কথা, অপূর্ণতা আর অভিমান সবকিছুর জবাব আজ চাই তার। মায়া ফিরবে কি না, সে জানে না। ফোন ধরবে কি না, তাও নিশ্চিত নয়। কিন্তু আজ সে আর দূর থেকে চেয়ে থাকবে না। নিজেই যাবে দেখা করতে, সামনাসামনি দাঁড়াবে মায়ার সামনে। একবার অন্তত জানতে চাইবে, কেন এত দূরত্ব, কেন এই নীরবতা। তার ভেতরে একটা অদ্ভুত দৃঢ়তা কাজ করছে। যেন আজ সবকিছু স্পষ্ট করতে না পারলে সে নিজেকে ক্ষমা করতে পারবে না। ফারিসের মনে হয়, সম্পর্কের মর্যাদা তখনই থাকে, যখন একজন এগিয়ে যায়, যতই কঠিন হোক প্রেক্ষাপট। তাই আজ সে চলেছে। না ফেরার কোনো শর্ত নিয়ে নয়, শুধু একবার চোখে চোখ রাখার ইচ্ছা নিয়ে।

ফারিস ধীর পায়ে রাস্তা পার হয়ে রিকশার খোঁজে তাকায়। শহরের বিকেলটা যেন আজ একটু বেশিই ভারী। বাতাসে জমে আছে ফেলে আসা দিনগুলোর গন্ধ।

একটি রিকশা এসে থামে তার সামনে।

"রোকেয়া হল যাবেন?"

ফারিসের প্রশ্নে রিকশাওয়ালা মাথা নাড়ে। চুপচাপ উঠে বসে ফারিস। রিকশার চাকা ঘুরতে থাকে, শহরের অচেনা অলিগলি পিছনে পড়ে যেতে থাকে, কিন্তু ফারিসের ভেতরে যেন কিছুই নড়ে না।

তার বুকের ভেতর আজ জমাট বেঁধে আছে একটাই প্রশ্ন, "মায়া কি সত্যিই দেখা দেবে?"

সে জানে না সামনে কী অপেক্ষা করছে, মায়ার মুখে অভিমান, নাকি একটুকু অবহেলার হাসি। কিন্তু তবুও সে যাচ্ছে। রিকশা মোড় ঘোরে, আর ফারিস ধীরে ধীরে সময়ের এক অদৃশ্য দরজার দিকে এগিয়ে যায় যেখানে হয়তো অপেক্ষা করছে একটি নীরব মুখ, অথবা চিরতরের বিদায়।

ঢাকা বিশ্ববিদ্যালয়ের রোকেয়া হলের সামনে রিকশা এসে দাঁড়ায়। হাতে একটি বিদেশি স্যুটকেস, মুখে অনিশ্চয়তা আর অপেক্ষার ছাপ, চোখে হাজারো প্রশ্ন আর হৃদয়ে একরাশ সংশয়। বহুবছরের প্রবাসজীবন, ব্যস্ততা, দুরত্ব সব পেরিয়ে আজ সে এসেছে কেবল একবার দেখা করার জন্য, কিছু না বলা কথা বলার জন্য। হঠাৎ করেই নয়, বহুবার ভেবেছে, বহুবার নিজেকে থামিয়েছে, কিন্তু আজ আর পারেনি।

রোকেয়া হলের সামনে দাঁড়িয়ে ফারিস প্রথমে ফোন করে মায়াকে।

"মায়া, আমি রোকেয়া হলের গেটে। একটু দেখা করবে?"

ওপাশ থেকে আসে ঠাণ্ডা ছাঁটাই করা স্বর, "আমি হলে নেই, ক্লাসে আছি।" যেন আগেই ভেবে রেখেছে উত্তরটা।

ফারিস থমকে যায়। মনে পড়ে, একসময় এই মেয়েই কত আবেগ নিয়ে বলত, "তুমি এলে আমি দৌড়ে আসবো, জানো?"

আজ সেই মায়া তাকে এড়িয়ে যাচ্ছে। তবুও সে হাল ছাড়ে না। হল গেটের সামনে দাঁড়িয়ে থাকে। একসময় যারা ঘণ্টার পর ঘণ্টা ফোনে কথা বলত, আজ তাদের কথোপকথন এমন শুষ্ক, যেন দুই অপরিচিত মানুষ সামাজিক সৌজন্যতা বজায় রাখছে।

হঠাৎ এক মেয়েকে হল থেকে বের হতে দেখে ফারিস, হয়তো মায়ার রুমমেট কিংবা সহপাঠী।

ফারিস এগিয়ে যায় তার দিকে। নরম গলায় প্রশ্ন করে, "আপনি কি মায়াকে চেনেন? পদার্থবিজ্ঞান বিভাগের ছাত্রী, সেকেন্ড ইয়ারে পড়ে।"

মেয়েটি একটু থমকে যায়, সন্দেহভরে দেখে ফারিসকে। প্রশ্ন করে, "আপনি কে?"

এক মুহূর্ত চুপ হয়ে যায় ফারিস। কী বলবে সে? কী পরিচয় দেবে? মায়া তার স্ত্রী, সঙ্গী, বন্ধু নাকি প্রেমিকা? কি বলবে ভেবে পাচ্ছে না ফারিস।

অবশেষে ফারিস ধীর গলায় বলে, "আমি... একজন শুভাকাঙ্ক্ষী। যদি জানিয়ে দিতেন মায়া এখানে আছেন কিনা, তাহলে উপকার হতো।"

মেয়েটি হয়তো ফারিসের চোখের ভাষা পড়ে ফেলে। সেখানকার অভিজ্ঞ চোখে বুঝতে পারে, এই মানুষটা সত্যিই মায়ার খুব আপন ছিল একদিন। সে ভেতরে যায়।

কিছুক্ষণ পর দেখা যায়, মায়া ধীরে ধীরে আসছে। মাথায় ওড়না টানা, কাঁধে বইয়ের ব্যাগ। মুখে সেই আগের মায়ার ছায়া নেই। বেশি পরিণত, অনেকটা দূরত্ব নিয়ে হাঁটে সে, যেন ফারিসের উপস্থিতি এক অবাঞ্ছিত প্রশ্ন হয়ে এসেছে তার জীবনে।

দুজন মুখোমুখি দাঁড়ায়, কিন্তু কোনো শব্দ খুঁজে পায় না। ফারিস চায় কিছু বলতে, "ভালো আছো? এই সময়টা আমারও সহজ ছিল না, তোমায় আমি আজও ভুলতে পারিনি..." কিন্তু তার ঠোঁট নড়েও শব্দ করে না।

মায়া তাকায়, তার চোখে কোনো অভিযোগ নেই, তেমন ভালোবাসার পুরনো আলোও নেই। সে শুধু ফারিসের দেওয়া উপহারের স্যুটকেসটি নেয়। কোনো প্রশ্ন করে না, কোনো কৃতজ্ঞতার হাসিও না।

ফারিস বলে, "আমি শুধু দেখতে এসেছিলাম, তুমি কেমন আছো।"

মায়া উত্তর দেয় না। মাথা নিচু করে আবার ফিরে যায় হলের ভেতর। ফারিস দাঁড়িয়ে থাকে নিঃশব্দে। তার চোখের সামনে ঝাপসা হয়ে যায় হল গেট, রাস্তাঘাট, ঢাকার ভিড়, এমনকি নিজের অস্তিত্বও।

সন্ধ্যায় ফারিস ফিরে আসে চিলেকোঠায়। রুমের এক কোণে বসে ফোনের স্ক্রিনে চোখ রেখে চুপচাপ অপেক্ষা করে। হয়তো একটা মেসেজ আসবে। একটা ছোট্ট কথা, একটু নমনীয়তা।

হঠাৎ একটি মেসেজ আসে:

"আমার হলের সামনে এসে আমায় ছোট না করলে খুশি হতাম। যা করেছো, ভালো করেছো। ধন্যবাদ।"

ফারিস বারবার পড়ে মেসেজটি। মায়া ধন্যবাদ দিয়েছে, কিন্তু কোনো উষ্ণতা নেই তাতে। "ভালো করেছো" এই বাক্যটি যেন এক অভিমানের ছুরির মতো বিদ্ধ করে তার বুক।

মায়া তার সামনে এসেছিল, দেখা করেছিল। এইটুকু যেন এক করুণা, এক দায়সারা। সম্পর্কের সমস্ত ইতিহাস, অভিমান, অপেক্ষা, বিচ্ছেদ সব যেন ধুয়ে গেছে কয়েক লাইনের ভেতর। আর ফারিস? সে যেন সেই প্রতীক্ষার গল্প, যেটার পাঠক ছিল অনেক, কিন্তু কেউ তার শেষ অধ্যায় পড়েনি।

ফারিস জানে, মায়া এখন শুধু একজন মেয়ে নয়। একজন সংগ্রামী, আত্মসম্মানবোধে দৃঢ়, নিজেকে প্রমাণ করে চলা নারী। তার চোখে এখন শুধুই জীবনে বড় হবার স্বপ্ন। কোনো আবেগী পুরনো প্রেমের পুনরাবৃত্তি নয়। মায়া জানে, পুরুষের করুণা নয়, প্রয়োজন নিজের জায়গা, নিজের পরিচয়। ফারিসও বুঝে গেছে, সব ভালোবাসার একটা সময় থাকে। সময়ের বাইরে ভালোবাসা ভুল ঠিকানার চিঠির মতো যা প্রাপকের নিকট পৌঁছায় না।

কোন এক দুপুরে হঠাৎ করেই বেজে ওঠে ফারিসের ফোন। নাম্বারটা অপরিচিত, কিন্তু ওপাশের কণ্ঠ যেন পুরনো কোনো অভিশাপের মতো চেনা। গ্রামের এক দূরসম্পর্কের ভাই যে সাধারণত কুশল বিনিময়ের বাইরে খুব একটা ফোন করে না।

হঠাৎই জিজ্ঞেস করে বসে, "ফারিস ভাই, মায়া কি এখনো আপনার স্ত্রী? নাকি ডিভোর্স হয়ে গেছে? রবীন্দ্র সরোবরে দেখলাম তাকে, এক ছেলের সঙ্গে হাত ধরে হাঁটছে।"

ফারিসের বুকের ভেতরটা হঠাৎ যেন খালি হয়ে যায়। কণ্ঠে কোনো শব্দ আসে না। তারপর এক নিঃশব্দ ক্লিক, ফারিস ফোন কেটে দেয়। চোখে ধরা পড়ে না কোনো অভিব্যক্তি, তবুও হৃদয়ের গহীনে এক অস্থির ঝড় বইতে শুরু করে। সেই ঝড় নিয়েই ফারিস পৌঁছে যায় রবীন্দ্র সরোবরে। সরু সবুজ পথে, আলো-ছায়ার খেলার মাঝে দূর থেকে চোখে পড়ে মায়া। তার পাশে বসে আছে এক যুবক, চোখে শহুরে আত্মবিশ্বাস, ঠোঁটে মায়ার জন্য আলগা হাসি। মায়ার চোখে তেমনই আলো, যার স্পর্শে ফারিস কেবল দূরত্ব অনুভব করে। ফারিস চুপচাপ তাকিয়ে থাকে। সে জানে না ছেলেটি কে, জানে না তার নাম, অতীত, পরিচয়। কিন্তু মায়ার চোখের ভাষা সে পড়তে জানে। সে বুঝে যায়, মায়ার এই চোখে সে নেই, এই হাসিতে তার নাম নেই।

কিছুক্ষণ পর তারা উঠে দাঁড়ায়। রিকশায় করে চলে যায় পাশের একটি রেস্টুরেন্টে। ফারিস ছায়ার মতো অনুসরণ করে তাদের। রেস্টুরেন্টের কর্নারে বসে তাদের হাসি, গল্প, পরিচিত ঘনিষ্ঠতা দূর থেকেই দেখতে থাকে। সে আর নিজেকে ধরে রাখতে পারে না। এগিয়ে গিয়ে প্রশ্ন ছুড়ে দেয়, "ও কে?"

মায়া চমকে ওঠে। যেন ভূত দেখেছে। কণ্ঠ আটকে আসে, চোখ নামিয়ে নেয়, তারপর কোনো মতে বলে, "নাদিম। আমার বন্ধু। আমরা... একটু ঘুরতে এসেছি।"

ফারিস অবাক হয়, বিদেশে কাটানো দীর্ঘ দুই বছর পর দেশে ফিরে ফারিস মায়ার কাছ থেকে পায়নি মাত্র পাঁচ মিনিটের একটু দেখা, একটু কথা। অথচ সেই মায়া আজ অন্য কারও পাশে ঘণ্টার পর ঘণ্টা সময় কাটায়। ফারিস বুঝে না, সময় কি সত্যিই বদলে দেয় সম্পর্ক, নাকি সম্পর্কটাই ছিল না কখনো?

তারা তিনজন বসে পড়ে এক টেবিলে। অস্বস্তির ছায়া ঘিরে ধরে পুরো পরিবেশকে। খাওয়া হয়, কিন্তু গলায় নামে না কারও কোন খাবারের স্বাদ। খানিক বাদে, নাদিম চলে যায় চোখে বিস্ময় আর ঠোঁটে চাপা রাগ নিয়ে। তবে নাদিম জানত না যার সামনে সে এতক্ষণ বসে ছিল, সে মায়ার স্বামী।

নাদিমের চলে যাওয়ার পর এক বিস্ফোরণ ঘটে। মায়া ক্ষিপ্ত কণ্ঠে বলে, "তুমি আমাকে অনুসরণ করলে কেন? আমায় কি তুমি বিশ্বাস করো না? আমাকে কি একটু স্বাধীন ভাবে চলতে দেবে না? আমরা তো পড়াশোনার ব্যাপারে আলোচনা করছিলাম। তুমি ভুলে যেও না, আমি ঢাকা বিশ্ববিদ্যালয়ে পড়ি। তোমার মতো তো ক্লাস নাইন পাশ করা কেও আমি নই। আমার ছেলে বন্ধু থাকতেই পারে। নাদিম আমার বন্ধু, হ্যাঁ, খুব কাছের বন্ধু। কিন্তু তাই বলে তুমি যা ভাবছো, তা সত্যি নয়। আমার জীবনে এমন কেউ কি থাকতে পারে না যার সঙ্গে কথা বললে আমি একটু শান্তি পাই বা যে আমার সঙ্গে কথা বললে একটু শান্তি পায়? তুমি কি ভেবেই নিয়েছো, আমি তোমাকে ঠকাচ্ছি? তুমি কি বিশ্বাস করতে পারো না, একজন মেয়ে শুধু বন্ধুত্বের জন্যই কারো পাশে থাকতে পারে? সবকিছু নিয়ে নির্বোধের মতো সন্দেহ করবে এটা আমি মোটেও পছন্দ করব না।"

মায়ার কণ্ঠে ছিল তীব্রতা, চোখে ছিল অবজ্ঞা, মুখে ছিল তীব্র আত্মপ্রত্যয়। ফারিস চুপ করে শুনে, একটা শব্দও করে না। কেবল ভাবতে থাকে ভালোবাসা কি এতটাই একমুখী হতে পারে? যে ভালোবাসা শ্রদ্ধা পায় না, সে কি টিকে থাকতে পারে?

মায়া চলে যায়, পায়ের শব্দ যেন বিদ্রুপের ধ্বনি হয়ে কানে বাজে। ফারিস একা বসে থাকে, নিষ্প্রাণ রেস্টুরেন্টে, নিঃশব্দে। তারপর ধীরে ধীরে ফিরে যায় তার চিলেকোঠার ঘরে।

চুপচাপ বসে ছোট্ট করে একটি বার্তা পাঠায়, "সরি, আমি ভুল বুঝেছি তোমাদের।"

কিন্তু কোন উত্তর আসে না। এদিকে ছুটি ফুরিয়ে ফ্লাইটের সময়ও ঘনিয়ে আসে ফারিসের। মায়াকে শেষবারের মতো জানায়, "আমি কাল চলে যাচ্ছি। যদি একটুখানি সময় পাও, দেখা কোরো।"

এরপরও জবাব আসে না। সে শুধু পড়ে থাকে নতুন একটা ক্লাসের রুটিনে, নাদিমের সঙ্গে নোট আদানপ্রদানে, কিংবা ক্যাম্পাসের ফেস্টিভালের প্রস্তুতিতে। ফারিস জানত, সে অপেক্ষা করছে এমন একজনের জন্য, যে তার জন্য অপেক্ষা করছে না।

পরদিন ফারিস একা একা রওনা দেয় বিমানবন্দরের দিকে। শহরের প্রতিটি মোড়, প্রতিটি আলো যেন আজ তাকে থামাতে চায়, তবুও থামে না সে। বিমান আকাশ ছোঁয়ার ঠিক কিছুক্ষণ আগে জানালার কাচে মুখ ঠেকিয়ে ফারিস ভাবে,

"এই উড়ন্ত যন্ত্রটার মতোই আমি কি তবে মায়াকেও ছেড়ে দিলাম? দিয়ে দিলাম মুক্ত আকাশ, নিজের মতো করে উড়বার স্বাধীনতা?"

ওদিকে, মায়া আর নাদিমের সম্পর্ক ক্রমশ গভীর হয়ে উঠছে। শুরুতে ছিল ক্লাস, তারপর বন্ধুত্ব, একসময় সেটা ভালোবাসায় রূপ নেয়। তারা নিজেদের বিশ্বাস করিয়ে দেয়, ভালোবাসায় পাপ নেই। মায়া নিজের অতীতকে ধীরে ধীরে আড়াল করে ফেলে নিজের কাছে। সে যেন ভুলেই যায়, সে এক সময় কারও স্ত্রী ছিল, এমনকি এখনো। অথবা, মনে মনে ভাবে, কোনো কাগজের চিহ্ন কি ভালোবাসার দলিল হতে পারে?

সেই বিকেলে, টিএসসির সামনে কফির কাপে চুমুক দিতে দিতে মায়া নাদিমকে বলে, "তুমি জানো, আমি অনেক কিছু হারিয়েছি, কিন্তু আজ মনে হয় প্রথমবার নিজের মতো করে কাউকে পেয়েছি।"

নাদিম তার চোখে চোখ রাখে। বলে, "তুমি কাউকে হারাওনি, তুমি নিজেকে খুঁজে পেয়েছো।"

আশেপাশে আড্ডা, গান, কেউ কেউ মিছিলের প্রস্তুতি নিচ্ছে। কিন্তু তাদের দুজনের দুনিয়া শুধু দুজনকে ঘিরে।

ঠিক সেই মুহূর্তে, মায়া হঠাৎ করে ঝুঁকে পড়ে নাদিমকে চুমু খায়, নাদিমের ঠোঁট কামড়ে ধরে শক্ত করে। টিএসসির মতো এক জনাকীর্ণ জায়গায় এমন প্রকাশ্যে ভালোবাসা দেখে অনেকের চোখ কপালে উঠে যায়। কেউ ছবি তুলে, কেউ মুখ টিপে হাসে, কেউ সমালোচনা করে, 'এই মেয়েটা কি পাগল?' কিন্তু মায়া বা নাদিম কারও চোখেই কোনো দ্বিধা নেই। তারা বিশ্বাস করে, ভালোবাসতে হয় সব ওজার করে। ভালোবাসায় তো পাপ নেই, তাই না?

চুমুর ঠিক সেই মুহূর্তেই প্লেনের চাকা মাটি ছাড়ে, প্লেন আকাশে উড়ে ফারিসকে নিয়ে। একজন মানুষ, যে কোনো দিন বুঝবে না, কেন এত ভালোবেসেও কাউকে হারিয়ে ফেলতে হয়।

মায়ার চোখে তখন কোনো অনুশোচনা নেই। হয়তো মন বলছে, এই আমার জীবন। আমি কারও অপেক্ষার দায়ে বাঁচবো না। আমি ভালোবাসবো, আমার মতো করে।

আর নাদিম? সে তো ভালোবাসতেই শিখেছে নিঃশর্তভাবে। জেনেছে, মায়ার অতীত যা-ই হোক, বর্তমানটা তার। কিন্তু প্রশ্ন থেকে যায়। ভালোবাসায় কি সত্যিই কোনো পাপ নেই?

মায়াকে ভালোবেসে ফারিস যেন সবসময়ই তার ডানা গুটিয়ে রেখেছিল। কিন্তু আজ যেন তার কাছে ভালোবাসার সংজ্ঞাটাই পালটে গেল। হয়তো ভালোবাসা মানেই ধরে রাখা নয়, মুক্ত করে দেওয়া। যেন সে উড়তে পারে, ঠিক এই আকাশের মতো করে□

আকাশের দিকে তাকিয়ে ফারিস মনে মনে বলে,

“মায়া… তুমি কি সত্যিই এতটা দূরে চলে গেলে? নাকি আমি-ই কোনদিন তোমার কাছে পৌঁছাতে পারিনি?”

ফিরে গিয়ে ফারিস মায়াকে একটি বার্তা পাঠায়,

“কখনো যদি মনে পড়ে, আমি ছিলাম… জানিও, আমি কখনো অভিযোগ করিনি, করবনা।”

১৫

ফারিস এখনো ভাবে, একদিন মায়া ফিরে আসবে। হয়তো কোনো এক সন্ধ্যায়, ক্লান্ত ভঙ্গিমায় দরজায় দাঁড়িয়ে বলবে, "তুমি তো আমায় এখনো ভুলোনি, তাই না?"

এ আশাটুকু নিয়েই বেঁচে আছে সে। মায়া বিয়ের নাকফুল ফেলে দিয়েছে বহু আগেই, কিন্তু ফারিস নিজের ভালোবাসার চিহ্ন মুছতে পারে না। অনেকটা নীরব, অনেকটা নির্বাক হয়ে গেছে সে। একাকীত্ব এখন তার জীবনের একমাত্র সঙ্গী। এক সময়ের প্রাণচঞ্চল ফারিস আর নেই। চোখের নিচে কালি, কথাবার্তায় ধীরতা, গলায় বিষণ্ণতা। কেউ কেউ বলে, 'ফারিস বদলাইয়া গ্যাছে রে।' ফারিস শুধুই হাসির অভিনয় করে যায়। না বলা হাজার কথা জমে থাকে ঠোঁটের কোণে। বিদেশে কষ্টের কাজ করে, রোদে পুড়ে, ঘামে ভিজে, মাস শেষে বেতন আসে, আর ঠিক তখনই মায়ার জন্য আলাদা করে রাখে কিছু টাকা।

হ্যাঁ, মায়া এখনো টাকা নেয়। মাসে মাসে একটা নির্দিষ্ট সময় ফোন করে, কণ্ঠে একটুখানি কোমলতা এনে বলে, "টাকা পাঠাও তো, সামনের মাসে কোচিংয়ের ফি জমা দিতে হবে।" অথবা, "মোবাইল রিচার্জ শেষ, একটু টাকা পাঠাও।"

ফারিস কিছু বলে না, কেবল পাঠিয়ে দেয়। সে জানে, এই টাকাটাই তাদের সম্পর্কের শেষ সেতু। টাকা দিলে মায়া খুশি হয়, একটু সময় দেয়, কথা বলে। সে কথাগুলো বড় বেশি প্রয়োজন হয়ে পড়ে ফারিসের কাছে। হয়তো পাঁচ মিনিট, দশ মিনিট। কিন্তু ওইটুকু সময়ের জন্যই মাসভর অপেক্ষা করে সে। অনেকটা বিনিময়ের মতো। টাকা দিলে কথা হয়, না দিলে নীরবতা।

ফারিস এটা বোঝে, কিন্তু মানতে চায় না। সে ভাবে, "হয়তো মায়া ভুল করছে না। ও কেবল ব্যস্ত, সময় নেই।"

এই আত্মপ্রবঞ্চনা তাকে কিছুটা সান্ত্বনা দেয়। আর যখন ফোনটা কেটে যায়, নীরবতায় গা ভাসিয়ে দেয় সে। তারপর পর মনখারাপ নিয়ে বারান্দায় দাঁড়িয়ে আকাশের দিকে তাকিয়ে ভাবে, "ওর মনটা বুঝি আর আমার হয়ে নেই।"

ফারিসের চোখে-মুখে একরকম শূন্যতা কাজ করে। মা ফোন দিয়ে জিজ্ঞেস করে, "বউমা কেমন আছে?"

ফারিস বলে, "ভালো আছে, পড়াশোনা নিয়ে ব্যস্ত।"

কেউ আবার বলে, "তোমার বউ কি আর ফিরবে?"

ফারিস কোনো উত্তর দেয় না। সে জানে, মায়া ফিরবে না। তবুও ভাবে, হয়তো একদিন কোনো প্রলয়ের রাতে, সব সম্পর্ক ছিন্ন করে সে ফিরবে ফারিসের ছোট্ট উঠোনে।

নিজেকে কিছুটা ধ্বংস করেও ফারিস থেমে থাকে না। প্রবাসের চাকরি ধরে রাখে, মাথা নিচু করে খেটে যায়। শুধু একটাই লক্ষ্য। যেন ওর জন্য কিছু রেখে যেতে

পারে। ভালোবাসা যদি কাছে না আনে, স্মৃতিরা অন্তত টিকে থাকুক। ভালোবাসা তাকে বড় করে তুলেছিল একদিন, আর সেই ভালোবাসা ধীরে ধীরে গিলে খাচ্ছে তাকে।

এদিকে নাদিম আর মায়ার ভালোবাসা দিনে দিনে এমন এক গভীরতা ছুঁয়েছে, যেখানে আবেগের সীমা খুঁজে পাওয়া দুঃসাধ্য। বিশ্ববিদ্যালয়ের ক্লান্ত দুপুরে কিংবা পড়ন্ত বিকেলে টিএসসির বেঞ্চে বসে কফির কাপে চুমুক দিতে দিতে তারা যেন একে অপরকে নতুন করে খুঁজে নেয়। চোখে চোখ রাখলেই বোঝা যায়, এই সম্পর্কের ভিতর একরাশ চুম্বকতা কাজ করে, যে টান নিঃশব্দে সব বাধাকে পেছনে ফেলে দেয়।

তবে ভালোবাসার গভীরতা বাড়ার সঙ্গে সঙ্গে চাওয়া-পাওয়ার হিসাবও বাড়তে থাকে। নাদিম ও মায়া অনেকদিন পর এবার একটু শান্ত সময় কাটানোর সুযোগ খোঁজে। সম্পর্কের নানা জটিলতা, দূরত্ব আর ভুল বোঝাবুঝির ভেতর দিয়ে যাওয়ার পর, তারা সিদ্ধান্ত নেয় কিছুটা সময় নিজেদের জন্য বের করে নেওয়ার।

কক্সবাজারের সাগরের ঢেউ, বিস্তীর্ণ বালুচর, আর নীলাকাশের নিচে হারিয়ে যেতে চায় তারা দুজনে একান্তে, নির্জনে। নাদিম ভাবে, এই ভ্রমণটা শুধু ঘোরার জন্য নয়, বরং সম্পর্কটাকে আবার নতুন করে বুঝে নেওয়ার, এক নিঃশ্বাসে খোলা আকাশ দেখার, নোনা জলের গন্ধে দুজনের ক্লান্তি ধুয়ে ফেলার। কিছুটা নীরবে ভালোবাসাকে স্পর্শ করে হৃদয়ের ক্লান্তি দূর করার একটা চেষ্টাও বটে। মায়াও চুপচাপ সম্মতি দেয়।

তারা প্ল্যান করে নিরিবিলি একটা রিসোর্টে থাকবে, ভোরবেলায় সৈকতের ধারে হাঁটবে, রাতে চাঁদের আলোয় দুজন মিলে বসে থাকবে নির্জনে, সূর্যাস্তে একে অপরের দিকে চেয়ে নির্ভরতার গল্প বলবে। কক্সবাজার যেন হয়ে ওঠেবে তাদের গল্পের এক নতুন অধ্যায়, যেখানে অতীতের সব অভিমান ধুয়ে যাবে সাগরের জলে।

কিন্তু এমন স্বপ্ন তো শুধু আবেগে গড়া যায় না, আবেগের সাথে টাকাও লাগে। আর এখানেই শুরু হয় নতুন নাটকের সূচনা। জীবনের কাঠিন্য তাদের দুজনকে ঠেলে দেয় এমন এক মোহময় চাতুর্যের দিকে, যেখানে সত্য আর মিথ্যার সীমানা ঝাপসা হয়ে যায়। টাকার প্রয়োজন, সুযোগের সদ্ব্যবহার সব মিলে তারা একসাথে দাঁড়ায় মিথ্যার চৌকাঠে।

মায়া জানে, নাদিমের পক্ষে এই মুহূর্তে অর্থের ব্যবস্থা করা কঠিন। তার নিজেরও উপার্জন নেই। টিউশনি করে যা আয় করে তা সবই খরচ হয়ে যায়। একমাত্র সম্ভাব্য উৎস, ফারিস। তার স্বামী, যাকে সে বহুদিন ছুঁয়ে দেখেনি, তবুও যে মানুষটি তাকে এখনো মাসে মাসে টাকা পাঠায়, ফোন করে, তার খোঁজ নেয়।

মায়া ও নাদিম মিলেই একদিন বসে একটি মিথ্যার কাহিনি বুনে। মায়া ফোন করে ফারিসকে। কণ্ঠে অনুশোচনার ছায়া, চোখে পানির আবরণ।

"আমার কিডনির নিচে পাথর হয়েছে। ডাক্তার বলেছে অপারেশন করাতে হবে। জরুরি ভিত্তিতে ৭০ হাজার টাকা লাগবে।"

ফোনের ওপাশে ফারিস চুপ। হয়তো নিঃশব্দে গিলে নিচ্ছে অস্থিরতা, হয়তো মায়ার জন্য সেই পুরোনো অচেনা কান্না ফিরে আসছে।

মায়া আবার বলে, “আমার তো বাবা নেই, মা আর ছোট বোন আছে। ওরা জানলে ভেঙে পড়বে। মা হার্টের রোগী, তুমি কাউকে কিছু বলো না, আমি নিজেই সব সামলে নিব। তুমি শুধু টাকা পাঠাও।”

এই কথাগুলো বলার সময় মায়ার বুকের ভেতর কেমন যেন শূন্যতা খেলে যায়। অথচ সে জানে একটি নতুন পোশাক, একজোড়া মিথ্যে চশমা আর সমুদ্রের তলায় হেঁটে যাওয়া ছাড়া আর কিছুই নেই এই টাকার পেছনে।

ফারিস টাকা পাঠায়। হয়তো ভেবে নেয়, ভালোবাসার একটা খণ্ড দায়িত্ব এখনো তার কাঁধে। হয়তো ভাবছে, ভালোবাসা মরে গেলেও দায় কখনো মরে না।

টাকা পাঠানোর পর ফারিস জানায় না কিছু, আবার চুপ হয়ে যায়। তার নিঃশব্দতার ভেতর শুধু একটা কথা ভাসে, “ভালো থেকো।”

সন্ধ্যা নামার ঠিক আগ মুহূর্তে, ঢাকা থেকে কক্সবাজারগামী একটি বাস যাত্রা শুরু করে। শহরের গনগনে ক্লান্তি থেকে মুক্তি পেতে অথবা নিজেদের কিছুটা সময় দেওয়ার আশায় মায়া ও নাদিম চেপে বসে সেই বাসে। জানালার পাশের সিটে মায়া, বাইরেরটিতে নাদিম। হালকা আলো-আঁধারিতে ঢাকা শহরের বিল্ডিংগুলো পেছনে ফেলে ছুটে চলে কক্সবাজারগামী বাস, আর মায়া কাচঘেঁষে বসে কাঁচা শীতল হাওয়ায় নিজের কপালের কিছু চুল এলোমেলো করে দেয়। তার পাশে বসা নাদিমের কাঁধে হেলে পড়ে সে, যেন শান্তির একটা মুহূর্ত ধরে রাখতে চায় বাহ্যিকভাবে।

বাস শহরের সীমা ছাড়িয়ে হাইওয়েতে ওঠে। চারপাশে অন্ধকার, মাঝে মাঝে হেডলাইটের ঝলক। নাদিমের কাঁধে মাথা রেখেই হঠাৎ মায়া ফোন বের করে। একটু ফেসবুক স্ক্রোল করবে, নাদিম তখন তার পাশেই চুপচাপ ছিল। মায়া আঙুল চালাচ্ছিল নিউজ ফিডে, হঠাৎ একটা ছায়ামূর্তি যেন জানালার ধারে এসে ছোবল মারে। মুহূর্তেই মায়ার হাতে থাকা ফোনটি ছিটকে যায় জানালার বাইরে।

এক ছিনতাইকারী হঠাৎ করেই জানালার ফাঁক গলে হাত ঢুকিয়ে ফোন ছিনিয়ে নেয়। বাস তখন থামার প্রশ্নই আসে না। নাদিম লাফিয়ে উঠে কিছুটা চিৎকার করে, একবারের জন্য জানালার দিকে ঝুঁকে পড়ে, কিন্তু কিছুই করার থাকে না। ছিনতাইকারী শহরের অন্ধকার গলিতে মিলিয়ে যায়।

মায়া স্তব্ধ। মুখে কোনো শব্দ নেই, চোখে বিস্ময় আর অদৃশ্য এক আতঙ্ক। তার আলাদা এক দুনিয়া, যেটা ছিল ফোনের মধ্যে। সেখানে ফারিস, ফেসবুক, ইনস্টাগ্রাম, ছোট ছোট মেসেজ আর আবেগের আলাপ সব এক নিমিষে হারিয়ে গেল। এক ধরনের ভার্চুয়াল শূন্যতা তাকে গ্রাস করে।

নাদিম তাকে সান্ত্বনা দিয়ে বলে, “ফোনটা তো একটা বস্তু, আবার হয়ে যাবে।”

কিন্তু মায়ার মনে হয় যেন এই হারানো জিনিসটির ভেতর ছিল তার আরেকটা মুখ, আরেকটা পরিচয়, আরেকটা জীবন। সে ভেঙে পড়ে না, তবে নিঃশব্দে তাকিয়ে থাকে জানালার বাহিরে।

অন্যদিকে, সেই সময় ফারিস একের পর এক মায়ার নম্বরে ফোন দিচ্ছে। কিছুক্ষণের জন্য তার মনটা অস্থির হয়ে ওঠে। মায়া টাকা পেয়েছে কি না? কখন হাসি দিয়ে 'থ্যাংক ইউ' বলবে?

কিন্তু ফোন বন্ধ! না কোনো টোন, না কোনো রিং। ফারিসের ভেতরে অদ্ভুত এক সন্দেহ জন্ম নেয়। মায়া কি টাকা পাওয়ার পর আমাকে সব জায়গা থেকে ব্লক করে দিয়েছে? নাকি সত্যিই অসুস্থ হয়ে হাসপাতালে ভর্তি যেখান থেকে আর যোগাযোগ করতে পারছে না?

এদিকে কক্সবাজারে পৌঁছে মায়া আর নাদিম যেন এক স্বপ্নে ডুবে যায়। সমুদ্রের ঢেউ যখন ভোরের আকাশে সূর্য ছুঁয়েছে, ঠিক সেই সময় এক নিরিবিলি ইকো রিসোর্টের রিসেপশনে এসে দাঁড়ায় নাদিম ও মায়া। চারপাশে নারকেল গাছের ছায়া, কাঁচের দেয়ালে প্রতিফলিত নীল জলরেখা, আর বাতাসে ভেসে বেড়ানো সাগরের লবণাক্ত গন্ধ সব মিলিয়ে যেন সময়টুকুও থেমে গিয়েছিল দুজনের জন্য।

রিসেপশনিস্ট ভদ্রভাবে পরিচয় জানতে চাইলে নাদিম অকপটে বলে ওঠে, "স্বামী-স্ত্রী।"

এক মুহূর্তে মায়ার নিঃশ্বাস আটকে যায়। নীরবতা তার ঠোঁট জুড়ে জমে থাকে, চোখে একরাশ বিস্ময়। শব্দের ভার যেন কানে ধাক্কা দেয়, 'স্বামী-স্ত্রী'! তার হৃদয় কেঁপে ওঠে এক অজানা অপরাধবোধে। এ পরিচয় বাস্তব নয়, বরং পরিস্থিতির প্রয়োজনে রচিত এক মিথ্যে ছায়া।

তারা চায় একটি ঘর, সাথে সমুদ্র-ভিউ এবং ব্যক্তিগত সুইমিং পুল। যেন আকাশ আর জল মিলে একান্ত এক নীরবতা তৈরি করে তাদের চারপাশে। যেখানে সকাল হলে জানালার ওপারে সাগর জেগে উঠবে, আর রাতে ঢেউয়ের শব্দে ঘুম আসবে। সমুদ্রের প্রতিটি ঢেউ, সূর্যাস্তের প্রতিটি রঙ যেন আজ তাদের ভালোবাসার কথা বলছে।

রুমে ঢুকে মায়া জানালার পাশে দাঁড়িয়ে সমুদ্রের দিকে তাকিয়ে থাকে। নাদিম চুপচাপ তার পাশে এসে দাঁড়ায়। বাতাসে ভেসে বেড়ায় না বলা অনেক কথা, অথচ চারপাশে সবকিছু এত শান্ত যেন সমুদ্র নিজেই অপেক্ষা করছে তাদের গল্প শোনার জন্য।

রিসোর্টের বারান্দায় গরম চায়ের কাপে ঠোঁট ছোঁয়াতে ছোঁয়াতে দুজনের চোখে ভেসে আসে সাগরের ডাক। সমুদ্র যেন হাতছানি দিয়ে ডাকছে তাদের। মায়া একটি কালো শাড়ি সাথে সাদা ব্লাউজ, আর নাদিম সাদা টিশার্ট ও কালো শর্টস পরে বেরিয়ে পড়ে সমুদ্রের নিমন্ত্রণে। ঢেউয়ের ডাক, সাগরের সঙ্গীত আর পূর্ব আকাশে উদিত হওয়া সূর্যের আলোয় তাদের মুখদুটি ঝলমল করছিল এক অনুচ্চারিত প্রশান্তিতে।

সৈকতে এসে মায়া শিশুর মতো উচ্ছ্বসিত হয়ে ওঠে। হাওয়ায় ওড়ানো চুল গালে লেগে থাকে, চোখে একরাশ মুক্তির দীপ্তি। ধীরে ধীরে বসে পড়ে ভেজা বালুর ওপর। সাগরের কাছেই, এক শান্ত কোণে, সে শুরু করে বালুর ক্যানভাসে আঁকা নাদিম আর মায়ার দুটি ছোট্ট মুখ, পাশে একটা হৃদয়চিহ্ন।

ঢেউ এসে বারবার তার আঁকা মুছে দিয়ে যায়, আর মায়া প্রতিবার আরও যত্নে তা নতুন করে আঁকে। যেন প্রতিটি সম্পর্ক এমনই। ভেঙে যায়, আবার গড়ে ওঠে। মায়ার সেই মুহূর্তগুলো ছিল সময় থেকে ধার করা, যেখানে দায়িত্ব বা জটিলতা ছায়াও ফেলতে পারে না। তারা হাঁটে, হাসে, ভালোবাসে। কিন্তু সেই ভালোবাসার পেছনে লুকিয়ে থাকে এক নিষ্পাপ মুখ, যে এখনো ভাবে মায়া একদিন ফিরবে।

দুপুর গড়িয়ে বিকেল হলে তারা প্যারাগ্লাইডিংয়ের জন্য উঠে পড়ে। জীবনের প্রথম উড়াল, সামনে মায়া, পেছনে নাদিম। যখন পাখার মতো প্যারাশুট ছড়িয়ে দুজন একসাথে আকাশে ভেসে ওঠে, নীচে নীল জলরেখা আর দূরে মেঘের হিম ছায়া, একপাশে সমুদ্র আরেক পাশে পাহাড়। মায়ার হৃদয় ও শরীর কেঁপে ওঠে আতঙ্কে। ঠিক তখনই নাদিম দুহাতে জড়িয়ে ধরে মায়াকে। তার বাহুর উষ্ণ আশ্রয়ে মায়া অনুভব করে এক অদ্ভুত সাহস, এক নীরব আশ্বাস। যেন সে পড়লেও কেউ তাকে ধরবে, হারালেও কেউ পাশে থাকবে। তার ভয় যেন ধীরে ধীরে গলে যায় নাদিমের হৃদয়ের উষ্ণতায়। পৃথিবীর সবচেয়ে নীরব মুহূর্তটুকু তারা কাটায় সেই আকাশের বুকে, একসাথে।

সন্ধ্যায় ক্লান্ত শরীর, কিন্তু পূর্ণ হৃদয় নিয়ে তারা ফিরে আসে রিসোর্টে। রুমের পাশে নির্জন সুইমিং পুলের কাছে এসে দাঁড়ায় নাদিম ও মায়া। চারপাশে নীরবতা, কেবল জল টুপটাপ করে ছুঁয়ে যায় পুলের প্রান্ত, আর বাতাসে ভেসে বেড়ায় বুনো ফুলের গন্ধ।

নাদিম মায়ার হাত ধরে হালকা টান দিয়ে বলে, "চলো, আজ একটু ভিজি।"

মায়া তার দিকে এক ঝলক তাকায়, চোখে লাজ, কিন্তু পায়ে বাধা নেই। সে ধীরে ধীরে নামতে থাকে পানির ভেতর। জলের স্নিগ্ধতা গায়ে মেখে যেন নিজেকে ছাড়িয়ে যাচ্ছে আরেকটা অবয়বে। জল মায়ার শাড়িকে ভিজিয়ে এক অনবদ্য নরম রেখায় জড়িয়ে ধরে তার দেহ, যেন জল নিজেই তাকে আঁকছে নতুন করে। নাদিম দাঁড়িয়ে থাকে পুলের এক প্রান্তে, মুগ্ধ দৃষ্টিতে দেখে মায়াকে।

জলের স্পর্শে মায়ার শাড়ি ধীরে ধীরে ভারী হয়ে উঠে। সে ডুবে ছিল মুহূর্তের মুগ্ধতায়। হঠাৎ এক ঝাপটায় পানির তরঙ্গ শাড়ির কাঁধের অংশটুকু খুলে দেয়। মায়া প্রথমে কিছুই টের পায় নি। কিন্তু ঠিক যখন সে পানির কিছুটা ওপর উঠে আসে, হঠাৎ টের পায় তার গায়ে শাড়ির উপরের অংশটুকু নেই।

এক ঝটকায় তার চোখদুটি দুই হাতে ঢেকে নেয় সে। কেবল শরীর ঢাকার তাগিদে নয়, বরং একরাশ লজ্জা, অপ্রস্তুত আবেগ ও নারীসুলভ স্নেহের স্বাভাবিক প্রতিক্রিয়ায়। জলের কাঁপা কাঁপা আলো মায়ার ভেজা ত্বকে ঝিলিক দেয়, আর সেই দৃশ্যের মধ্যেই দাঁড়িয়ে থাকে নাদিম স্তব্ধ নেশাতুর চোখে তাকিয়ে।

তার দৃষ্টিতে ছিল এক ধরনের বিস্ময়, এক গাঢ় মুগ্ধতা যা কেবল দেহকে নয় বরং সেই মুহূর্তের মায়ার অসহায় কোমলতা আর নারীসত্তার সৌন্দর্যকে উপলব্ধি করছিল। মায়ার মুখে লজ্জার ছায়া, চোখে দ্বিধা, আর শরীরজুড়ে জলরেখা সব মিলে যেন এক অচেনা কবিতার স্তবক হয়ে উঠেছিল সে।

রাত গভীর। চারপাশে নির্জনতা নেমে এসেছে, যেন শহরের সব শব্দ, সব ব্যস্ততা নিঃশব্দে গুটিয়ে নিয়েছে নিজেকে। রিসোর্টের বারান্দায় বসে থাকা দু'টি ছায়া, মায়া আর নাদিম সমুদ্রের একটানা গর্জন শুনছিল। অথচ সেই শব্দের মধ্যেও যেন গভীর শান্তি, একরকম আলোর মতো অনুভূতি। মায়ার চুল উড়ছিল হালকা বাতাসে, নাদিম পাশে বসে চুপচাপ তাকিয়ে ছিল তার দিকে৷ সে তাকানোতে কোনো অধিকার ছিল না, ছিল কেবল মুগ্ধতা, ছিল প্রশ্রয়, আর নির্ভেজাল ভালোবাসা।

নাদিম মায়ার হাত ধরে যখন বলে, "তুমি ছাড়া আমি অন্ধ।"

তখন মায়ার বুকের মধ্যে কোথায় যেন কেঁপে ওঠে এক অজানা সাড়া। কিন্তু সেই কাঁপন ধুয়ে যায় ঢেউয়ের শব্দে।

এক সময় নাদিম ধীরে ধীরে হাত রাখে মায়ার হাতে। নাদিম চেয়ার থেকে উঠে এসে পেছন থেকে জড়িয়ে ধরে মায়াকে। মায়ার দেহ আচমকা কেঁপে উঠে। মায়ার জীবনে এটা দ্বিতীয় পুরুষের ছোঁয়া। নাদিমের স্পর্শে সে ফারিসের ঘ্রাণ পাচ্ছে। নাদিম আলতো ছোঁয়াতে মায়ার ঘাড় হতে চুল গুলো সরিয়ে দেয়, এরপর উষ্ণতা মাখা কণ্ঠে মায়ার কানে ফিসফিস করে বলে, "তোমাকে কখনো একা হতে দেবনা প্রিয়।"

নাদিমের স্পর্শ যেন তাকে ফারিসের কথা মনে করিয়ে দিচ্ছে। নাদিম বলে, "তুমি জানো, তুমি আমার জন্য ঠিক তেমনি, যেমন রাতের আকাশে একটি মাত্র চাঁদ। যেটা সব সময় দেখি, কিন্তু ছুঁতে পারি না। তবু তাকিয়ে থাকি, কারণ তাতেই শান্তি পাই।"

মায়া চোখ বন্ধ করলো। অশ্রু গড়িয়ে পড়ল। কে জানে, আনন্দে না কষ্টে। সে শুধু জানে, এই মানুষটি তার ভালোবাসা বুঝেছে, ছুঁতে চায়নি দেহ, তবুও ছুয়েছে। বুঝতে পেরেছে মনের অব্যক্ত ভাষা।

সেদিন রাতে মায়া ঘুমিয়ে যায় নাদিমের বুকে। দীর্ঘ ক্লান্তির পর এক অন্তরঙ্গ নীরবতায় পেরিয়ে যায় রাত। যেখানে শরীর ছিল পাশে, কিন্তু মন হয়তো ছিল শত প্রশ্নে আচ্ছন্ন।

১৬

সকালের প্রথম আলোয় মায়ার ঘুম ভাঙে অপরাধবোধে ভেজা হৃদয়ে। পাশ ফিরে দেখে নাদিম শান্ত ঘুমে তলিয়ে আছে, তার মুখে প্রশান্তির ছাপ। কিন্তু মায়ার বুকের মধ্যে চলতে থাকে ঝড়। বারান্দার দিকে হেঁটে গিয়ে সে দাঁড়ায় একা, অজান্তেই চোখ থেকে গড়িয়ে পড়ে অশ্রু। সমুদ্রের ঢেউয়ের শব্দের মধ্যেই যেন নিজের ভেতরের কোলাহল শোনে সে। মায়া হঠাৎই নিজেকে খুব একা মনে করে। মনের মধ্যে এক তীব্র অপরাধবোধ ঘুরপাক খেতে থাকে। সে নিজেকে প্রশ্ন করে, "এ আমি কী করলাম? আমি তো এখনো কারও স্ত্রী... ফারিস হয়তো এখনও অপেক্ষা করে আমার জন্য। আমি কি মানুষ? নাকি একজন প্রতারক?"

সে নিজেকে নিয়ে গভীর ঘৃণায় তলিয়ে যায়।

ঢাকায় আসার পর মায়ার প্রথম প্রেম হয়েছিল আদিত্যর সঙ্গে। তবে সেই প্রেম ছিল চোখে চোখে, স্বপ্নে স্বপ্নে। কোনো স্পর্শ ছিল না, কোনো প্রত্যক্ষতা ছিল না। কিন্তু আজ... আজ তো সে নিজেকে ছুঁইয়ে দিয়েছে এমন এক বাস্তবতায়, যার ওজন বহন করার মতো মন তৈরি হয়নি এখনো। সমুদ্রের দিকে তাকিয়ে হঠাৎ করেই কণ্ঠ ছেড়ে কাঁদতে শুরু করে মায়া। যেন ভেতরে জমে থাকা অপরাধবোধের পাহাড় ভেঙে পড়ে অশ্রুর প্লাবনে।

এই সময় নাদিম ঘুম থেকে উঠে খেয়াল করে পাশে মায়া নেই। উদ্বিগ্ন হয়ে সে বারান্দায় এসে দাঁড়ায়। মায়ার অশ্রুসিক্ত চোখ দেখে প্রশ্ন করে, "কী হয়েছে? তুমি কাঁদছো কেন?"

প্রথমে কোনো উত্তর না দিয়ে নিঃশব্দে দাঁড়িয়ে থাকে মায়া। কিছু সময় পর, গভীর কাঁপা কণ্ঠে সে শুধু বলে, "আমায় বিয়ে করো... আজই... এখনই।"

নাদিম স্তব্ধ হয়ে যায়। তার চোখে এক মুহূর্তে যেন সমস্ত আবেগ শেষ হয়ে যায়।

মুখ সরিয়ে নিয়ে শান্ত গলায় বলে, "এখন নয়, মায়া। আমার জীবন তো কেবল মাত্র শুরু... সামনে অনেক পথ বাকি। অনার্স শেষ করব, মাস্টার্স শেষ করব, তারপর বিদেশে গিয়ে পিএইচডি করব... জীবনের লক্ষ্য আছে। এখনই যদি বিয়ে করি, সব শেষ হয়ে যাবে।"

নাদিমের কথাগুলো ছিল বাস্তবতা ভিত্তিক, কিন্তু সেই বাস্তবতাতেই মায়ার স্বপ্নগুলো ধসে পড়ে। সে তাকিয়ে থাকে নাদিমের চোখে যে চোখ একসময় ছিল কোমল, গভীর, আশ্বাসে ভরা। এখন সেখানে কেবল নিজস্ব স্বার্থ আর নির্লিপ্ততা।

মায়ার বুকের মধ্যে তখন একেকটা শব্দ, একেকটা নিঃশ্বাস যেন ছুরি হয়ে বিঁধে যাচ্ছিল। সে আর কিছু বলে না, শুধু মাথা নিচু করে দাঁড়িয়ে থাকে। মনে মনে ভাবে, শরীর দিয়ে সম্পর্ক হয় না, সম্পর্ক হয় হৃদয়ে হৃদয়ে। আর যদি শরীর দিয়েই মূল্যায়ন করা হয় নারীকে, তবে সেই সম্পর্ক কেবল প্রয়োজনেই জন্মায়, ভালোবাসায় নয়।

দীর্ঘক্ষণ নিস্তব্ধ থাকার পর সে হঠাৎ দাঁড়িয়ে পড়ে। চোখে এক তীব্র দৃঢ়তা। নিজেকে আয়নায় দেখে কেঁপে ওঠে মায়া। এই কি সে? এই প্রতিচ্ছবি কি তার? নাকি নাদিমের ছুঁয়ে যাওয়ার পর সে তার পরিচয় হারিয়েছে?

সে আর এক মুহূর্তের জন্যেও এখানে থাকতে চায় না।

টেবিলের এক পাশে রাখা মোবাইল ফোনে ট্রেনের সময় দেখে নেয়। সকালের প্রথম ট্রেন ধরতে হলে এখনই রওনা দিতে হবে। ব্যাগ গোছানো শেষ, এখন শুধু চলে যাওয়া বাকি, চিরতরে চলে যাওয়া।

সে যখন দরজার হাতলে হাত দিতে যাচ্ছে, পিছন থেকে নাদিমের কণ্ঠ ভেসে আসে, "কোথায় যাচ্ছো?"

মায়া থেমে যায়, নীরব। উত্তর না দিয়ে দরজা খুলতে উদ্যত হয়। কিন্তু নাদিম এগিয়ে এসে দরজা বন্ধ করে দেয়। তার চেহারায় যেন হঠাৎ এক অচেনা মানুষ বাসা বাঁধে।

"তুমি কোথাও যাচ্ছো না। আমরা এখানে একসপ্তাহ থাকার প্ল্যান করেছিলাম। এখনো তো একটা দিনও হয়নি! তুমি এখানে আমার সঙ্গেই থাকবে, যেভাবে তুমি চেয়েছিলে, যেভাবে আমি চেয়েছিলাম!"

মায়া এবার গলা শক্ত করে বলে, "না নাদিম, আমি আজই যাচ্ছি, এখনই যাচ্ছি। আমি আর তোমার সঙ্গে এক মুহূর্তও থাকতে চাচ্ছি না।"

তর্ক বাড়তে থাকে। উত্তেজনা বাড়ে। আচমকাই নাদিম পথ আটকে দাঁড়ায় দরজার সামনে। মায়া চমকে ওঠে, কিন্তু এবার আর ভয় নয়। তার চোখে উঠে আসে তীব্র প্রতিরোধের আগুন।

"তুমি আমার পথ আটকাবে?" প্রশ্ন করে মায়া, গলা ঠান্ডা, কিন্তু ধারালো।

নাদিম বলে, "আমি তোমার স্বার্থে বলছি, তুমি স্থির হও।"

মায়ার চোখে এখন এক অচেনা ঝলক, যেন তার সেই চেনা প্রেমিক আর নেই, থাকলেও ছায়া হয়ে গেছে।

মায়া একটানে হাত ছাড়িয়ে নেয়, প্রশ্ন করে নাদিমকে, "এই সম্পর্ক যদি ভালোবাসার হয়, তবে তোমার চেহারা এত কুৎসিত লাগে কী করে?"

নাদিম এবার কিছু না বলে হঠাৎ দরজা বন্ধ করে তালা দিয়ে দেয়। মায়ার আর বোঝার বাকি থাকে না কি ঘটতে যাচ্ছে সামনে। ধস্তাধস্তি শুরু হয়। ধস্তাধস্তির এক পর্যায় মায়ার বুকের ভেতর জ্বলে উঠে ক্ষোভের আগুন। খোঁপায় গুঁজে রাখা ধাতব ক্লিপটি খুলে নেয় সে, হয়তো এটিই তার শেষ অস্ত্র, শেষ চেষ্টা। হাত কাঁপছিল, কিন্তু মন ছিল স্থির। নাদিমের চোখের দিকে তাকিয়ে সে বুঝে যায় প্রেমিকের মুখোশের আড়ালে লুকিয়ে থাকা পুরুষটির সত্যিকারের চেহারাটা আজ তার সামনে নগ্ন হয়ে আছে।

ক্লিপটা সে তুলে ধরে আঘাত করতে উদ্যত হয়, কিন্তু মুহূর্তেই টের পায় শারীরিক শক্তিতে সে পিছিয়ে। সুঠাম ও সবল দেহের নাদিম তার হাত চেপে ধরে

ফেলে, সহজেই ছিনিয়ে নেয় ক্লিপটি। এক নিঃশ্বাসে যেন সব প্রতিবাদ গিলে ফেলে মুহূর্তটি। মায়ার প্রতিরোধ ভেঙে পড়ে, সে পেছনে হঠে যায়, ভারসাম্য হারিয়ে পড়ে যায় বিছানায়। মায়া বন্দি হয়ে যায় চার দেয়ালের মাঝে।

তার চোখে এখন একটাই প্রশ্ন, "এটাই কি সেই নাদিম? যার সাথে আমার বিশ্ববিদ্যালয়ের দিনগুলো কেটেছে? যে চায়ের কাপে লুকিয়ে ভালোবাসা খুঁজতো? যার সাথে আমি একুশ, বৈশাখ, বইমেলা আর রবীন্দ্রজয়ন্তী কাটিয়েছি? যে নোট নেয়ার বাহানা করে চকলেট গুজে দিতো নোটের ভেতর? যে আমার চলে যাওয়ার মুহূর্তে পেছন হতে হাত ধরে ফেলেছিল?"

না, এটা সে নাদিম না। হয়তো সেই মানুষটা অনেক আগেই মরে গেছে, নয়তো কখনো ছিলই না। এখন যে আছে সে কেবল একটি মুখোশ। ভালোবাসার ছদ্মবেশে লালসার পশু।

নাদিমের সব পরিকল্পনা হঠাৎ করেই চুরমার হয়ে যায়। এক মুহূর্তেই যেন বালুর উপর গড়া স্বপ্নের প্রাসাদে হাওয়া এসে ধাক্কা দিল। সমুদ্রের ছায়াতলে হাঁটবে দুজন, সৈকতে পায়ের ছাপ রেখে ফিরে আসবে হারিয়ে যাওয়া দিনগুলো, এই স্বপ্ন নিয়েই তো তারা কক্সবাজার এসেছিল। কিন্তু বাস্তব যে সবসময় কবিতার মতো মধুর হয় না।

নাদিম জানে, মায়া যদি একবার মুক্ত আকাশের নিচে পা রাখে, সে আর ফিরে আসবে না এই চার দেয়ালের ভেতর। তার চোখে জমে থাকা অভিমান, ঘনিয়ে আসা আত্মগ্লানি আর একরাশ নীরব রাগ সব কিছু একবার প্রকৃতির সামনে গিয়ে বিস্ফোরণ ঘটাবে। হয়তো সে সিদ্ধান্ত নিয়ে ফেলবে, এই সম্পর্কের শেষটুকু টেনে দিতে। হয়তো রিসোর্টের রুম নয়, আদালতের মেঝেই হবে তাদের সম্পর্কের পরিণতি।

তাই নাদিম কোনো ঝুঁকি নেয় না। পরিকল্পনার সব রঙ মুছে দিয়ে, সে মায়াকে এই রিসোর্টের ঘেরাটোপেই আটকে রাখে। মায়া বুঝতে পারে, নাদিম আর আসেনা ভালবাসা নিয়ে, আসে প্রবল দেহের নেশায় শরীরের একতরফা দাবি নিয়ে। তার চোখে নেই আর সেই চেনা মায়া, নেই কোনো প্রশ্ন বা অপেক্ষা। সে মায়াকে দেখে কেবল যৌনতার খোরাক হিসেবে। সে মায়ার মুখের কথা শুনতে চায় না, চোখের ভাষা বোঝার চেষ্টাও করে না। শুধু চায় মায়া চুপ থাকুক, নত থাকুক, একমুখী সমর্পণে হারিয়ে যাক।

মায়া বুঝতে পারে, হয়তো সে আর কখনোই এই জায়গা থেকে বেঁচে ফিরবে না। কারণ, ধর্ষক কখনোই তার শিকারকে বাঁচিয়ে রাখে না। আজ নাদিম প্রেমিকের মুখোশ ছুঁড়ে ফেলে হিংস্র ধর্ষক রূপে আবির্ভূত হয়েছে। তাই মায়া ধরে নেয়, তার সামনে এখন মৃত্যু ছাড়া আর কোনো পথ নেই। তবু, শেষবারের মতো সে নিজেকে জোগাড় করে। একটি শেষ চেষ্টা, হয়তো বাঁচার জন্য।

রিসোর্টের এই চার দেয়াল ধীরে ধীরে এক আয়নাঘরে রূপ নেয়। মায়া প্রতিদিন নিজের প্রতিচ্ছবির মুখোমুখি হয়। একটা প্রতিচ্ছবি যা থেমে গেছে সময়ের ঘূর্ণিতে, আটকে আছে অনিশ্চয়তার গহ্বরে। মায়ার মনে এখন একটাই প্রশ্ন,

"এই আমি কি সত্যিই আমি? আমি কাকে ভালোবেসেছিলাম? একজন মানুষকে, নাকি একজন নিয়ন্ত্রককে?"

নাদিম শুধু চায় সময় কেটে যাক, ঝড় থেমে যাক। কিন্তু মায়ার মুখে জমে থাকা স্তব্ধতা যেন আরও গাঢ় হয়ে ওঠে। কথা বলে না, চোখে চোখ রাখে না, শুধু চুপচাপ তাকিয়ে থাকে জানালার গায়ে জমা শিশিরে। নাদিম নিজের ভেতরে দ্বিধা অনুভব করে। সে কী ভুল করছে? নাকি রক্ষা করছে? কিন্তু কোনো উত্তর মেলে না। শুধু মনে হয়, এই যে ভালোবাসার নামে একজনকে আটকে রাখা, এটা কি আসলে ভালোবাসা, নাকি নিজের ভয়কে ঢেকে রাখার একটা উপায়?

মায়ার ভেতরে জ্বলছিল ক্ষোভ, বাইরে ছড়িয়ে ছিল সংযম। রিসোর্টের সেই বন্ধ ঘর, চারপাশের নির্লিপ্ত দেয়াল আর সময়ের যন্ত্রণা তাকে শিখিয়েছে বিশ্বাস কীভাবে ভেঙে পড়ে, আর ভালোবাসা কীভাবে শ্বাসরুদ্ধ করতে পারে। সে জানে, তার আর্তনাদে এই দেয়াল কাঁপবে না, নাদিম ফিরবে না বিবেকের টানে। বরং, তাকে বেরোতে হবে এমন এক দরজা দিয়ে, যেটি তার অভিনয়ের হাত ধরে খুলবে। হ্যাঁ, অভিনয়, যে শিল্প একদিন তাকে মুক্তি দিয়েছিল পিতৃশাসনের সুনিপুণ আঁকড়ে ধরা থেকে, যে অভিনয় তাকে দেখিয়েছিল অবলা থেকে উত্তরণের পথ। আবারও সেই পথেই হাঁটবে সে।

মায়া আয়নার সামনে দাঁড়িয়ে চুল আচড়ায়। চোখে টেনে নেয় একটুখানি কাজল, ঠোঁটে রাখে নিঃশব্দের এক আলতো হাসি, গায়ে জড়িয়ে নেয় কালো শাড়ি আর সাদা ব্লাউজ, পেটে পরে কোমরের চেইন, কানে ছোট ঝুমকা আর দেহে ফারিসের দেওয়া সেই হালকা ফ্লোরাল যুক্ত সুগন্ধি, যা ফারিস বিদেশ থেকে এনেছিল। মায়া নিজেকে তৈরি করে নেয় নাদিমের এক বাধ্য যৌনদাসী হিসেবে।

নাদিম যখন রিসোর্টে ফিরে আসবে, তাকে পাবে সেই আগের মায়া হিসেবে। কিন্তু এ মায়া আর আগের মায়া নয়। এ মায়া জানে কিভাবে গলে মিশে গিয়ে প্রতিপক্ষের বুকে তৈরি করতে হয় ফাঁক, যেখানে সময় মতো সে দিতে পারে নিজের মুক্তির ছুরি। সে তাকে ভালোবাসবে, আগলে রাখবে এমনভাবে যেন এক মুহূর্তের জন্যও নাদিম সন্দেহ না করে। আর ঠিক যখন সে নিশ্চিত হবে, তখনই মায়া খুলে দেবে সেই অভিনয়ের দ্বিতীয় পর্দা যেখানে নায়িকা নিজেই গল্পের মোড় ঘুরিয়ে দেয়।

রাত গভীর হয়। নাদিম ফিরে আসে। মায়া তাকে দেখে মুচকি হাসি দেয়, কোমল হাতে নাদিমের হাত ধরে বলে, "তোমার জন্য অপেক্ষা করছিলাম।"

মায়াকে দেখে নাদিম মুহূর্তের জন্য থমকে যায়,

নাদিমের চোখ আটকে যায় কালো শাড়ির নিঃশব্দ ঢেউয়ের নিচে আবছাভাবে উদ্ভাসিত হয়ে ওঠা মায়ার নাভির রহস্যময় গভীরে যা কোমরের চেইনের ঝংকার ভেদ করে নিঃশব্দে আহ্বান করছিল নাদিমকে: আসো, হারিয়ে যাই এই আকাঙ্ক্ষার শেষ সীমান্তে।

নাদিম হারিয়ে গেল মায়ার ঠোঁটের কোমল ছোঁয়ায়, যেন প্রতিটি স্পর্শ এক নিঃশব্দ কবিতার ছন্দে তাকে ভাসিয়ে নিচ্ছিল অনন্ত কোনো স্বপ্নলোকে। মায়ার জিহ্বার

অনুপম ছায়ালিপি যেন ছুঁয়ে যাচ্ছিল নাদিমের হৃদয়ের গোপন দ্বার, প্রত্যেকটি চুমু যেন কোনো প্রাচীন সংগীতের মতো তার রক্তে বেজে উঠছিল। তা ছিল না কেবল শরীরের ছোঁয়া, ছিল আত্মার নিবিড় আহ্বান, নির্বাক অথচ তীব্র। যা ভাষাকে অতীত করে স্পর্শেই বলে দেয় এক গভীর প্রেম, সংবেদনশীলতার চূড়ান্ত বহিঃপ্রকাশ।

নাদিম হঠাৎ থেমে চোখ বন্ধ করে মায়ার কানের কাছে ঠোঁট লাগিয়ে ফিসফিস করে বলে, "একটা ঘ্রাণ আসছে... গভীর, তীব্র... টানছে আমাকে, আমি শুঁকবো।"

মায়া নরম কণ্ঠে জিজ্ঞেস করল, "কিসের ঘ্রাণ?"

নাদিম চোখ মেলে মায়ার দিকে চেয়ে বলে, "তোমার শরীরের ঘ্রাণ। উষ্ণ, প্রলোভনময়... আমি যেন এতে হারিয়ে যাচ্ছি।"

ফারিসের কথা শুনে মায়া বলে উঠে ঘ্রাণ শুধু শরীরের হয় না, আত্মারও হয়। শরীরের গন্ধ তো প্রতিদিন বদলায়। কিন্তু আত্মার ঘ্রাণ সেটা একবার চলে গেলে আর ফিরে আসে না।

নাদিম তার ঠোঁট এগিয়ে আনে। মায়া সরে যায় না, চোখ বন্ধ করে শুধু অপেক্ষা করে। ঠোঁট ছুঁয়ে গেলে প্রথমে এক ক্ষণিক শীতলতা, তারপর ধীরে ধীরে সেই ছোঁয়ায় জেগে উঠে এক গভীর স্মৃতি। নাদিম হারিয়ে যেতে থাকে সেই স্পর্শে। মায়ার ঠোঁটের মৃদু ছোঁয়ায় সে টের পায় এক অদ্ভুত নমনীয়তা। মায়া চুপচাপ নিজেকে ছেড়ে দেয়, কিন্তু এই ছেড়ে দেওয়া এক আত্মরক্ষার অভিনয়। তার এই নরমতা, এই ঘনিষ্ঠতা, কেবল শরীরের সাড়া নয়, এ এক মোহজাল। নাদিম সেটা বুঝতে পারে না। তার চোখে তখন কেবল এক মায়ার আবছা আলোকছায়া, যা তাকে ভুলিয়ে দিচ্ছে সময়, জাগিয়ে তুলছে শরীরের প্রতিটি রন্ধ্রে জমে থাকা কামনার আকাঙ্ক্ষা। মায়ার ঠোঁট যেন তাকে টেনে নিয়ে যাচ্ছে এমন এক দিগন্তে, যেখানে আর ফিরে আসা নেই। সে ভেবে নেয়, হয়তো অবশেষে মায়া তাকে মেনে নিয়েছে, হয়তো সে আর পালাবে না।

কিন্তু মায়ার চোখ তখনও বন্ধ, আর মনে জেগে উঠছে এক অদৃশ্য শপথ। সে জানে, এই অভিনয়ের পথ ধরেই সে ছিঁড়ে ফেলবে নাদিমের বাঁধন। অবশেষে চরম ক্লান্তি আর ভেতরের শূন্যতা নিয়ে মায়া নিজেকে নাদিমের শরীরের উষ্ণতার মাঝে আশ্রয় দেয়, ধীরে ধীরে নিদ্রায় ঢলে পড়ে নাদিম।

গভীর রাতে নাদিম যখন ক্লান্তির সুখের নিদ্রায় বিভোর মায়া তখন অভিনয়ের খোলস থেকে বের হয়ে নাদিমকে হত্যার সিদ্ধান্তে উপনীত হয়। তারপর ধীরে ধীরে খোপার ধাতব ক্লিপটি খুলে নেয় চুল থেকে। নাদিমের ঘুমন্ত চোখের দিকে শেষবারের মতো তাকিয়ে ফিসফিসিয়ে বলে, "আমায় ক্ষমা করে দিও নাদিম, তুমি সেই নাদিম নও যাকে আমি ভালোবেসেছিলাম, যে আমায় ভালোবেসেছিল। তোমাকে হত্যা করা ছাড়া আমার আর কোন পথ নেই কারণ আমি আর তোমার মাঝে নাদিমকে খুঁজে পাইনা। আমি এখন তোমার মাঝে শুধু নারীদেহ ভোগের এক লালসার পশুকেই দেখি।"

নিজের সমস্ত আবেগ, অনুভূতি ভালোবাসাকে কিছুক্ষণের জন্য বালুচাপা দিয়ে ধারালো ধাতব ক্লিপটি দিয়ে সজোরে আঘাত করে বসে নাদিমের গলায়। সাথে সাথেই

আচমকা জেগে উঠে নাদিম, হয়তো এটাই শেষ জেগে উঠা। আঘাতে ক্ষতবিক্ষত হয়ে যায় নাদিমের গলা, রক্ত বের হতে থাকে ক্রমাগত যেন রিসোর্টের এই রুমটি আজ এক মৃত্যুকুপে পরিণত হয়েছে। নাদিম শেষবারের মতো কিছু বলতে চায়, কিন্তু মুখ দিয়ে কোন শব্দ বেরোচ্ছে না। বেঁচে থেকার শেষ আর্তনাদ যেন মায়ার কান অবধি পৌছাচ্ছে না। নিমিষেই মৃত্যুর দ্বারপ্রান্তে চলে যায় নাদিম। মায়া তার ওড়না চেপে ধরে নাদিমের মুখে যেন সে চিতকার করতে না পারে। এরপর অর্ধমৃত নাদিমের বুকে আরো কয়েকটি আঘাত। প্রতিশোধের ক্ষোভ যেন এখনো কমছে না। মায়ার একের পর এক আঘাতে মৃত্যুর কোলে ঢলে পড়ে নাদিম। নাদিমের মৃত্যু যন্ত্রণা পৈশাচিক আনন্দ নিয়ে উপভোগ করে মায়া।

নাদিম মারা যায়। নাদিমের ক্ষতবিক্ষত মৃতদেহকে শেষবারের মতো জড়িয়ে ধরে কান্নায় ভেঙে পরে সে। আর একা একাই বলতে থাকে, "তোমাকে ভালোবেসেছিলাম নাদিম, কিন্তু তুমি তো এখন আর নাদিম নও। তুমি কি আবার ফিরে আসবে আমার নাদিম হয়ে? আমি চাই তুমি ফিরে আসো, তবে লালসার পশু হয়ে নয়। তুমি ফিরে আসো আমার সেই নাদিম হয়ে যার সাথে আমি আমার বিশ্ববিদ্যালয়ের দিনগুলো কাটিয়েছি, যে চায়ের কাপে লুকিয়ে থাকা মায়ার ভালোবাসা খুঁজতো, যে বৈশাখের ভীড়ে আমার ওড়না গুছিয়ে দিতো চুপচাপ, আমি অসুস্থ হবার পর যে আমায় ঢাকা মেডিক্যালে ভর্তি করেছিল, যার সাথে আমি একুশ, বৈশাখ আর রবীন্দ্রজয়ন্তী কাটিয়েছি, যে নোট নেয়ার বাহানা করে চকলেট গুজে দিতো নোটের ভেতর, যে আমার চলে যাওয়ার মুহূর্তে পেছন হতে হাত ধরে ফেলেছিল।" তুমি প্লিজ ফিরে আসো আমার সেই নাদিম হয়ে।

নাদিমের নিথর দেহ পড়ে আছে বিছানায়। ঘরের বাতাস থমকে আছে। একটা শব্দও নেই, কেবল মায়ার দ্রুত ওঠানামা করা শ্বাস। চারপাশের নিস্তব্ধতা যেন চিৎকার করে বলে দিচ্ছে এখনই সব শেষ।

মায়া বোঝে, এখন প্রতিটা মুহূর্ত একেকটা ভারী সিদ্ধান্ত। একটা মৃতদেহ, একটা রিসোর্ট, আর একটা নারী; সমাজের চোখে চিত্রটা কেমন দাঁড়ায়, তা সে হাড়ে হাড়ে জানে। মায়া আয়নার সামনে দাঁড়িয়ে নিজেকে বলে, "সব দোষ তো তারই আসবে।"

সেই আয়নায় প্রতিফলিত হয় এক ক্লান্ত, ধূসর চোখ, যার পেছনে জেগে উঠেছে বেঁচে থাকার দুরন্ত বাসনা।

তারপর ধীরে ধীরে ঠান্ডা মাথায় সে আঁকতে থাকে এক নতুন পরিকল্পনার নকশা। তাকে ডেডবডি সরাতেই হবে। সে জানে, এতটা পথ এসে ভয় পেয়ে থেমে গেলে চলবে না। চোখে রাখতে হবে ধুলো, চিহ্ন রাখতে হবে অস্পষ্ট।

ভোরের রঙ এখনও জানালার ফ্রেম ছুঁয়ে ওঠেনি। ঘর ডুবে আছে নিঃশব্দে। আর মায়া... সে তখন আগের চেয়ে অনেক বেশি নির্ভুল, অনেক বেশি স্থির। নিশীথের অতল নীরবতা তখন রিসোর্টের চারপাশে ঘন হয়ে উঠেছে। বাইরে শুধুই ঝাউ গাছের পাতার মৃদু শব্দ আর ভেতরে নিথর এক শরীর। বিছানার ঠিক পাশে, ধাতব চুলের

ক্লিপটি পড়ে আছে রক্তে রঞ্জিত। নাদিমের নিঃশ্বাস নেই, হৃদস্পন্দন থেমে গেছে চিরতরে। বিছানায় ছড়িয়ে থাকা মৃতদেহটির দিকে কিছুক্ষণ চেয়ে থাকে মায়া। চোখে জল নেই, কিন্তু মুখে যেন ভয় ও দুঃসাহসের কাঁচা মিশ্রণ। একসময় নিজের গায়ে পড়ে থাকা রক্তের ছিটে দেখে হঠাৎ চমকে ওঠে, বুঝতে পারে এখনো অনেক কিছু বাকি। এখনো সময় আছে, পালাতে হবে... এই পাপের ছায়া থেকে, অন্ধকার মানুষটার নির্মম শেকল থেকে।

প্রথমেই সে বাথরুমে গিয়ে ঠান্ডা পানিতে নিজের মুখ ধুয়ে নেয়, তারপর মৃতদেহের দিকে তাকিয়ে নিজের ভেতরের কাঁপুনিকে সংবরণ করে। ঠিক করে, সে কান্না করবে না, চিৎকার করবে না। এখন থেকে সে কেবল "চালাক" হবে। একদম ঠান্ডা মাথায়।

মায়া পুরোনো একটা কম্বল এনে নাদিমের দেহটি মুড়ে ফেলে। রক্ত মুছে দেয় যতদূর সম্ভব। তারপর টেনে-হিঁচড়ে রিসোর্টের পেছনের সেই ছোট সার্ভিস দরজাটার দিকে এগোয়। বাইরে তখন অন্ধকার, কেবল কিছু কুকুরের ডাক। সে জানে পেছনের কাঠের ঘরে কিছু পরিত্যক্ত আসবাব আর গাছের শুকনো পাতায় মোড়া জমি রয়েছে। লাশ লুকাতে এটুকুই আপাত নিরাপদ।

মায়া মৃতদেহ টেনে সেখানে নিয়ে আসে। কিন্তু এখানে লাশ ফেলে চলে যাওয়ার সাহস হয় না। কারণ সে জানে, লাশ এখানে ফেলে রেখে গেলে সে ধরা পরবেই। তাই সে এবার ঝাউবনের নিঃশব্দ ছায়ার ভেতর দিয়ে টেনেহিঁচড়ে নিয়ে চলে লাশটিকে, যেন প্রতিটি ঝাউপাতা সাক্ষী এক মরণান্তক যাত্রার। সমুদ্র তখন দূরে গর্জন করছে, তার বুকেই সে ফেলে আসে নাদিমের নিথর শরীর, ভালোবাসা ও নির্যাতনের সেই শেষ চিহ্নটুকু। নোনা বাতাসে ভেসে আসে মৃতপ্রায় এক মুক্তির গন্ধ, আর মায়ার চোখে নেমে আসে একরাশ বিস্মৃতির কুয়াশা।

তারপর মায়া ধীরে ধীরে ফিরে আসে রিসোর্টে, সবকিছু গোছায়, নিজের রক্তমাখা পোশাক গামছায় মুড়ে ফেলে, মোবাইল, টাকা, পরিচয়পত্র সব গুছিয়ে ব্যাগে ভরে।

রিসোর্টের লবিতে যাওয়ার সময় মায়ার মুখে ছিল এক প্রশান্তির মুখোশ। যেন গভীর ঘুমের পর এক ভোরবেলা ঘুরে দাঁড়িয়েছে সে। রিসিপশনের চেনা কণ্ঠ জিজ্ঞেস করলো, "স্যার কোথায়? একসাথে তো চেক-ইন করেছিলেন?"

মায়া হালকা হেসে বলল, “উনার জরুরি কাজে হঠাৎ ঢাকায় ফিরে যেতে হয়েছে, কাল রাতেই। আমি একাই ফিরছি আজ।”

রিসিপশনিস্ট মাথা নেড়ে ফর্মাল হাসি দিলো। চাবি ফেরত দিয়ে, চেকআউটের খাতায় সই করে মায়া বেরিয়ে এলো অভিশপ্ত সেই রিসোর্ট থেকে যেখানে এক সময় প্রেম বাসা বেঁধেছিল, পরে তা রূপ নেয় শ্বাসরুদ্ধ গৃহবন্দিত্বে। আজ সে একা, কিন্তু বুকের গভীরে লুকিয়ে রেখেছে মুক্তির নির্মম বিনিময়।

পেছনে ফেলে আসা কক্সবাজারের রিসোর্ট, স্মৃতি, আর অপরাধবোধ সব ঠেলে মায়া উঠে বসে ঢাকা ফেরার বাসে। বাসের জানালা দিয়ে সে কক্সবাজারের শেষ

দিগন্তের দিকে তাকিয়ে থাকে। মন জুড়ে তখন অপরাধবোধ নয়, বরং এক ধরনের শূন্যতা। তার হাতের মুঠোয় একটা পুরোনো টিস্যু, যাতে লেখা,

"একদিন যদি আমি হারিয়ে যাই, তুমি কি খুঁজবে আমাকে?"

নাদিম লিখেছিল। মায়া পড়ে, চোখ বন্ধ করে, বলে,

"তুমি তো হারিয়ে যাওনি, হারিয়ে গিয়েছিলাম আমি। তুমি শুধু খুঁজতে জানোনি, বোঝোনি আমাকে।"

ঢাকায় ফিরে মায়া ফিরে আসে তার চিরচেনা আশ্রয় রোকেয়া হলে। সেই লাল ইটের ভবন, সেই বকুলতলায় বসে গল্প করার স্মৃতি, পরিচিত বারান্দা আর পরিচিত দেয়াল সব যেন আজ অচেনা লাগছে। চেনা গলি, চেনা মুখ, এমনকি সেই ধোঁয়া ওঠা চায়ের কাপ সবকিছুতেই যেন এক অদ্ভুত শূন্যতা। প্রতিটি রাত তাকে মনে করিয়ে দেয় নাদিমের সেই দৃষ্টি, সেই হাত, আর ক্ষতবিক্ষত সেই মৃতদেহকে। মাঝে মাঝে ঘুম ভেঙে উঠে যায় চিৎকার করে। ভেতরে কোথাও একটা ক্ষত বয়ে বেড়ায়।

তবুও বেঁচে থাকে।

তবুও পাখির ডাক শোনে সকালে।

তবুও আয়নার সামনে দাঁড়িয়ে নিজের চোখে চেয়ে থাকে।

একজন নারী, যিনি শুধু প্রেম করেননি, প্রতিরোধও করেছিলেন।

১৭

আজ ঠিক এক সপ্তাহ পেরিয়ে গেছে নাদিম নিখোঁজ। কক্সবাজারের সেই রিসোর্ট থেকে ফেরার কথা ছিল তার, কিন্তু আর ফেরেনি। না কোনো কল, না কোনো খোঁজ। ক্যাম্পাসের বাতাস ভারী হয়ে ওঠে উদ্বেগে। চারদিকে শুধু একটাই প্রশ্ন, "নাদিম কোথায়?"

ঢাকা বিশ্ববিদ্যালয়ের প্রতিটি করিডোরে, প্রতিটি দেয়ালে নিখোঁজের পোস্টার। সংবাদপত্রে ছাপা হয় বিবরণ, টেলিভিশনের স্ক্রলে ঘোরে তার মুখ। গোয়েন্দা সংস্থা, পুলিশ, সাইবার ইউনিট সবাই যেন পিছু নিয়েছে এক অপার রহস্যের। শাহবাগ চত্বরে শুরু হয় প্রতিবাদ, প্ল্যাকার্ডে লেখা, "আমরা নাদিমকে ফেরত চাই।"

সেই আন্দোলনের অগ্রভাগে দাঁড়িয়ে থেকে নেতৃত্ব দেয় মায়া নিজেই। চোখে শোক, মুখে প্রতিজ্ঞা, কণ্ঠে আর্দ্র প্রতিবাদ। মায়া যেন এক খোঁজার আলো হয়ে দাঁড়ায় নাদিমের অনুপস্থিতির মুখোমুখি।

টিভি ক্যামেরার সামনে মায়া বলে, "নাদিম আমার প্রিয় মানুষ, আমার বন্ধু, আমার জীবন, আমার ভালোবাসা... আমি তাকে ছাড়া বাঁচতে পারব না। আমি শুধু চাই নাদিম যেন ফিরে আসে, জীবিত কিংবা মৃত। শুধু ওকে ফেরত চাই।"

দিন যায়, রাত নামে। সামাজিক যোগাযোগ মাধ্যমে '#WhereIsNadim' ট্রেন্ড আসে। ক্যাম্পাসজুড়ে শুরু হয় মিছিল, কফিন মিছিল, মানববন্ধন যার প্রতিটি কর্মসূচিতে প্রধান ভুমিকা পালন করে মায়া। সে জানে, ঠিক কোথায় আছে নাদিম। তবুও তার প্রতিবাদের কণ্ঠে কারো সন্দেহ নেই। আর এভাবেই, একটি গল্প এগিয়ে চলে, ভেতরে চাপা পাপবোধ, বাইরে নিখোঁজ প্রেমিকের খোঁজ।

নাদিম নিখোঁজের দুই সাপ্তাহ পর কক্সবাজার সমুদ্রের ধারে এক জেলের জালে উঠে আসে একটি বিকৃত, সাদামাটা পুরুষের শরীর। মুখ চেনা যায় না, শরীর ফুলে গেছে, কিন্তু গলার পাতলা চেইন আর হাতে থাকা ঘড়ি যেন নীরবে সাক্ষ্য দিচ্ছে এই দেহই নাদিমের। পুলিশ জানায়, এটি নিখোঁজ ছাত্র নাদিমেরই মৃতদেহ। শহরজুড়ে ছড়িয়ে পড়ে সংবাদ। ক্যাম্পাসে নেমে আসে ভারী নীরবতা। সহপাঠী, শিক্ষক, বন্ধুরা কেউই বিশ্বাস করতে পারে না, নাদিম আর নেই। যে আন্দোলন এতদিন "ফেরত চাই" বলেছিল, সে আজ বলছে, "বিচার চাই।"

মায়া... নির্বাক। ক্যাম্পাসে তাকে ঘিরে চলে মোমবাতি মিছিল, ছাত্রীদের কান্না আর সহানুভূতির ঢেউ। কিন্তু তার ভেতরে ততদিনে জমে গেছে শূন্যতা। সে জানে, তার অভিনয়ের মঞ্চ এবার ভেঙে পড়বে, এক সময় সত্যটা সামনে এসে দাঁড়াবে। তবুও সে বিচার চাইছে নাদিম হত্যার।

মায়া যখন শাহবাগের উত্তাল জনসমুদ্রে দাঁড়িয়ে "নাদিম হত্যার বিচার চাই" শ্লোগানে গলা মেলাচ্ছিল, তখনই তাকে ছায়ার মতো ছুঁয়ে যায় এক চেনা মুখ, জৈতী। জৈতীর চোখ গিয়ে আটকে যায় মায়ার হাতে থাকা মোবাইল ফোনে। ভ্রু কুঁচকে ওঠে

তার, কারণ এই ফোন তো সে চেনে। জৈতীর মনে পড়ে যায় সেই দিনটার কথা, যেদিন জ্বরে কাঁপতে থাকা মায়াকে নাদিম আর সে মিলে নিয়ে গিয়েছিল হাসপাতালে। স্পষ্ট মনে পড়ে, সেদিন তাড়াহুড়ায় সে ভুল করে নাদিমের ফোন নিয়ে এসেছিল আর নিজেরটা রেখে গিয়েছিল মায়ার পাশেই। পরে যদিও আর যোগাযোগ হয়নি, কিন্তু সেই ফোনের গায়ের ছোট্ট দাগ, স্ক্রিনের কোণায় চেঁচে যাওয়া অংশ, সবই আজও তার মনে গেঁথে আছে। আজ সেই একই ফোন, হুবহু, মায়ার হাতে।

সন্দেহের স্বরে জৈতী জিজ্ঞেস করে, "মায়া, এটা কি নাদিমের ফোন?"

মায়া এক মুহূর্তের জন্য থমকে যায়। জবাব আসে ধীর অথচ অস্পষ্ট, "না... এটা আমার।"

কিন্তু চোখ তো সত্যের আয়না। ভয় আর দ্বিধায় কাঁপা চোখ যেন মিথ্যার জবাব আগেভাগেই দিয়ে দেয়। জৈতীর সন্দেহ পোক্ত হয়। ঘটনার জট খুলতে শুরু করে এবার। জৈতী আর অপেক্ষা করে না। পরদিনই সে ডিবি অফিসে গিয়ে মায়ার হাতে দেখা ফোনের কথা জানায়। তদন্তে যুক্ত হয় নতুন প্রমাণের টুকরো যা হয়তো এবার ভেঙে দেবে মায়ার সাজানো ছায়া-জগত।

জৈতীর দেওয়া তথ্যের ভিত্তিতে মায়াকে প্রাথমিক জিজ্ঞাসাবাদের জন্য ডিবি অফিসে নিয়ে যাওয়া হয়। আলো-আঁধারির একটি ছোট ঘর, দেয়ালে ঝুলে থাকা ঘড়ির টিকটিক শব্দ, আর সামনের ডেস্কে রাখা কয়েকটি ফাইল এই ছিল সেই মুহূর্তের প্রেক্ষাপট।

মায়া নির্বিকার। তার চোখে ক্লান্তির ছায়া, মুখে অরক্ষিত প্রশান্তি। ডিবি অফিসারের প্রশ্নের মুখে সে যেন এক দক্ষ অভিনেত্রী। প্রতিটি উত্তর এমন নিখুঁত, যেন প্রস্তুত করে আনা চিত্রনাট্য। সন্দেহের ধরাছোঁয়ার বাইরে থেকে যায় তার কণ্ঠ, তার দৃষ্টি, তার ভঙ্গি। কিন্তু মায়া হয়তো জানে না, সে যে গভীর জলের মাছ সে জলে মাছ স্বীকার করে ডিবি'রা অভ্যস্ত।

ডিবি পুলিশ যখন তদন্তের জন্য মায়ার ফোনটি নেয়, তখন সেটি আনলক অবস্থায় থাকলেও ফোনটি নাদিমের কিনা তা প্রাথমিকভাবে বোঝার কোনো উপায় ছিল না। কারণ মায়া আগেই ফোনটি ফ্যাক্টরি রিসেট করে নিজের সিমকার্ড, ইমেইল ও সোশ্যাল মিডিয়া অ্যাকাউন্ট লগইন করে রেখেছিল। সব কিছুতেই তার নাম, তথ্য এবং ব্যবহার ইতিহাস পাওয়া যায়। তবে এক জায়গায় গিয়ে তদন্ত কর্মকর্তাদের সন্দেহ গভীরতর হয়। ফোনের কল হিস্ট্রি, মেসেজ, ব্রাউজিং ডেটা, এমনকি অ্যাপ ইউজের ইতিহাস সবই শুরু হয়েছে হঠাৎ করে একটি নির্দিষ্ট তারিখ থেকে, যেদিন নাদিম নিখোঁজ হয়। তার আগের কোনো ডেটা ফোনটিতে ছিল না। এই তথ্য থেকেই ডিবির তদন্তকারীরা অনুমান করেন, সম্ভবত ফোনটি সেদিন পর্যন্ত নাদিম ব্যবহার করছিল এবং নাদিমের নিখোঁজ হওয়ার দিন থেকেই মায়া সেটি নিজের নামে সাজিয়ে নিয়েছেন। যদিও ফোনে সরাসরি নাদিমের কোনো নাম বা ছবি পাওয়া যায়নি। এই অস্বাভাবিক তথ্যগত অসঙ্গতি তদন্তকারীদের মধ্যে নতুন করে সন্দেহের জন্ম দেয়।

এই সন্দেহ থেকে ডিবি পুলিশ ফোনটিকে ডিজিটাল ফরেনসিক বিভাগের কাছে পাঠিয়ে দেয়।

বিশেষায়িত ফরেনসিক টুলের মাধ্যমে ফোনের মেমোরি চিপ বিশ্লেষণ করে একাধিক তথ্য উদ্ধার করা হয়। উদ্ধারকৃত ডেটায় নাদিমের ব্যক্তিগত ছবি, হোয়াটসঅ্যাপ ব্যাকআপ, এবং গুগল অ্যাকাউন্ট লগইন তথ্য পাওয়া যায় যা সরাসরি নাদিমের পরিচয়ের সঙ্গে মিলে যায়। এছাড়া, ফোনটির IMEI নম্বর মোবাইল অপারেটরের লগের সঙ্গে মিলিয়ে দেখা হলে, পূর্বে যে সিমকার্ড ব্যবহৃত হয়েছিল তার মালিক হিসেবে নাদিমের নাম ও জাতীয় পরিচয়পত্রের তথ্য পাওয়া যায়। ফোনের ওয়াই-ফাই সংযোগ ইতিহাসেও দেখা যায় এটি প্রায়শই নাদিমের বাসার রাউটারে সংযুক্ত ছিল। এই সমস্ত প্রযুক্তিগত ও প্রমাণনির্ভর বিশ্লেষণের ভিত্তিতে ফরেনসিক বিভাগ দৃঢ়ভাবে উপসংহারে পৌঁছায় যে, ফোনটি নাদিমের এবং সেটি পরবর্তীতে কোনো এক সময় মায়ার হাতে আসে অত:পর মায়া চতুরতার সঙ্গে ফ্যাক্টরি রিসেট করে নতুন নম্বর বসিয়ে সেটিকে নিজের করে নিয়েছে।

আর কোনো নাটকের প্রয়োজন রইল না। মায়ার মুখ থেকে খুলে যায় নির্দোষতার মুখোশ। গ্রেফতার করা হয় মায়াকে। শুরু হয় নতুন অধ্যায়, জিজ্ঞাসাবাদ। যেখানে প্রশ্ন ছুরির মতো ধারালো, আর নীরবতা হয়ে ওঠে একেকটি স্বীকারোক্তি। মুখোমুখি জিজ্ঞাসাবাদে মায়া ধীর, সংযত এবং সাবলীল। কিন্তু তথ্য একটার পর একটা যেন নিজেই ফাঁস হয়ে যেতে থাকে।

তদন্তের পরিসর ক্রমশ বিস্তৃত হতে থাকে। ডিবি পুলিশের পাশাপাশি ইলেকট্রনিক ও প্রিন্ট মিডিয়াগুলোও নাদিম নিখোঁজের ঘটনায় সক্রিয়ভাবে অনুসন্ধান শুরু করে। একপর্যায়ে তদন্তকারীরা পৌঁছে যায় সেই রিসোর্টে, যেখানে নাদিম ও মায়াকে শেষবার একসঙ্গে দেখা গিয়েছিল। রিসোর্টের রেজিস্ট্রারে দুইটি নাম: মায়া ও নাদিম। চেক-ইন একসাথে, কিন্তু চেক-আউট করে মায়া একা। রিসোর্টের সিসিটিভি ফুটেজে ধরা পড়ে, এক সন্ধ্যায় নাদিম প্রবেশ করে একটি নির্দিষ্ট কটেজে। এরপর? আর কোনো দৃশ্য নেই। নাদিম যেন রাত্রির অন্ধকারে হারিয়ে যায়।

ডিবি কর্মকর্তারা নিশ্চিত হন, ঘটনার একমাত্র পরিকল্পনাকারী মায়া নিজেই। তবে সে চুপ। দৃঢ়, নিরুত্তর।

তাকে রিমান্ডে নেওয়া হয়।

প্রথম দিন......নিঃশব্দ।

দ্বিতীয় দিন......কেবল কাঁদে।

তৃতীয় দিন......হঠাৎ মুখ খুলে বলে,

"আমি জানি, ভালোবাসা কাকে বলে... আর কাকে বলে ফাঁদ। আমি সেই ফাঁদেই পড়ে গিয়েছিলাম। এবং আমি নিজেই ছুরি ধরেছিলাম বের হবার জন্য।"

মায়া স্বীকার করে নেয় হত্যাটা সে-ই করেছে। গোপনে, ভয় আর ভালবাসার সীমা ছাড়িয়ে।

যে মায়া একসময় সমাজের গহ্বরে হারিয়ে যাওয়া এক অবলা নারী ছিল, নিজের আত্মপরিচয় খুঁজতে খুঁজতে যে লড়াই করেছিল নীরব বিদ্রোহে, তার শেষ আশ্রয় যে একদিন কারাগারের অন্ধকার ঘর হবে, তা কল্পনাও করেনি কেউ। এমনকি মায়া নিজেও না। দিন গড়িয়ে যায় চার দেয়ালের বন্দি নীরবতায়। প্রতিটি প্রহর তাকে ফিরিয়ে নেয় অতীতের দিকে; ফারিস, আদিত্য, আর নাদিম। তাদের প্রতিটি মুখ যেন ভেসে ওঠে ধূসর দেয়ালে। আত্মগ্লানি, সংশয় আর পাপবোধ এক অদৃশ্য ছায়ার মতো ঘিরে ধরে তাকে।

সে ভাবে, তবে কি আজ সে নিজের পাপের শাস্তি পাচ্ছে? নাকি প্রকৃতি আজ ফারিসের হয়ে প্রতিশোধ নিচ্ছে? এসব ভাবনার ভারে মায়া ভেঙে পড়ে। মানসিক ট্রমার গভীরে হারিয়ে যায় সে।

হঠাৎ একদিন, কারাগারের সেই একঘেয়ে নৈঃশব্দ্য চিরে এসে দাঁড়ায় ফারিস। লোহার শিকের ওপারে তাকে দেখে হঠাৎই ভেঙে পড়ে মায়া, ফুঁপিয়ে ফুঁপিয়ে কাঁদতে কাঁদতে বলে, "আমায় ক্ষমা করে দাও, ফারিস... প্রকৃতির প্রতিশোধ এত ভয়ংকর হবে জানা ছিল না।"

কিন্তু ফারিসের চোখে ছিল না করুণা, ছিল রিক্ত এক বিশ্বাসভঙ্গের তীক্ষ্ণতা।

ফারিস একটু কঠিন কণ্ঠে বলে, প্রতারণার কি কোনো ক্ষমা হয়, মায়া? ক্ষমা তো হয় ভুলের। তুমি যা করেছো, সেটা ভুল নয়, প্রতারণা। তোমার কোন ক্ষমা নেই। একজন পতিতাকে বিছানায় নিতে হলেও ৫০০ টাকা দেয়া লাগে, আর তুমি এতটাই সহজলভ্য যে ফ্রিতে কক্সবাজার অবধি চলে গেলে? তুমি সেদিন কেঁদেছিলে নাদিমের জন্য। অথচ আমি তিন বছর ধরে জানতামই না তুমি কার জন্য বাঁচো, কার সঙ্গে আছো, কার ছায়ায় ঘুরে বেড়াও। আমি শুধু বিশ্বাসের উপর দাঁড় করিয়েছিলাম আমাদের সম্পর্কটাকে। মানুষ আসলে কাউকে ঠকায় না। সে কেবল সময়, প্রয়োজন আর প্রলোভনের কাছে বিক্রি হয়ে যায়। যে যতো বড় দর হাঁকে, মানুষ ততো সহজেই তার পছন্দের নিলামে নিজেকে তুলে দেয়। কেউ মায়া দিয়ে কিনে নেয়, কেউ মোহ দিয়ে, কেউবা কেবল সুবিধার ওজন দিয়ে। তুমিও হয়তো এভাবেই বিক্রি হয়ে গিয়েছিলে।

তুমি কখনও আয়নার সামনে দাঁড়িয়ে লজ্জায় কেঁপে উঠো না? নিজের চোখে চোখ রাখতে পারো? আয়নার দিকে চেয়ে যখন নিজেকে প্রশ্ন করো, "আমি কি সত্যিই ভালো মেয়ে?" আর আয়নার নির্মম প্রতিবিম্ব যখন ধীরে মাথা নাড়িয়ে বলে, "না, তুমি ভালো নও" এরপর যদি আয়নার সামনে দাঁড়িয়ে নিজের মুখ দেখে নিজের প্রতি তোমার ঘৃণা না জাগে, তবে জেনে রাখো এই পৃথিবীতে তোমার চেয়ে নিষ্ঠুর, প্রতারক, আত্মবঞ্চক আর কেউ নেই। তুমি শুধু আমাকে ঠকাওনি, একাধারে তুমি ঠকিয়েছো নিজেকে, নিজের সত্তাকে।

সম্পর্কটা শেষ অবধি নষ্ট করে দিলে। তোমাকে অনেক ভালোবেসেছিলাম, অল্প পরিচয়ে, অল্প কিছু দিনে, কমতি রাখিনি, সবটুকু দিয়েই ভালোবেসেছিলাম। আমি তোমার চোখে আমার জন্য করুণা খুঁজে পেতাম কিন্তু ভালোবাসা খুঁজে পাইনি

কখনো। আমায় কেন ঠকালে? একবার বললেই তো পারতে, তুমি নাদিমকে ভালোবাসো। যেভাবে ভালোবেসে কাছে এসেছিলাম, সেভাবেই ভালোবেসে দূরে সরে যেতাম। দূর থেকেও ভালোবাসা যায়। ভালোবাসা মানে তোমার পাশে থাকাটা নয় কেবল। ভালোবাসা মানে, তোমার ভালো থাকায় নিজের সুখ খুঁজে নেওয়া, তোমার কান্নায় নিজের চোখে জল আনা, তোমার হাসিতে নিজের মুখে আলো ফোটানো।

এই কথাগুলো বলে চলে যেতে থাকে ফারিস। তবে যাবার আগে পেছন ফিরে শেষবারের মতো একটি কথা বলে,

"আমি যখন মরুভূমির নিঃসঙ্গ আকাশে চাঁদ দেখতাম, ভেবেছিলাম সেটাই তুমি। কেমন যেন নির্জন, কোমল, ধরা ছোঁয়ার বাইরে, অথচ হৃদয়ের ভেতর ঠিকই আলো ফেলে রাখে। তাই আমি তোমায় আমার কল্পনার জগতে 'মুন' বলে ডাকতাম। ভাবতাম, তুমি একদিন ঠিক চাঁদের মতোই আলো ছড়াবে, নিভৃতে, নীরবে। সেই আলো শুধু আমার জন্যই সংরক্ষিত থাকবে, কেবল আমার একার পৃথিবীকে আলোকিত করবে। কিন্তু আমি জানতাম না, তোমার সেই আলো শুধু আমায় নয়, জ্বালিয়ে রাখে আরও অনেক চোখ, আরও অনেক হৃদয়। আজ থেকে তুমি আমার 'মুন' নও। আজ থেকে তুমি সেই 'মায়া', যে আর অবলা নয়, যাকে আর কেউ নিজের বলে দাবী করতে পারে না। তুমি এখন উত্তরণের প্রতীক, স্বাধীনতার রূপক। তুমি হয়ে উঠেছ সেই আলো, যা কারো একার নয়, সমস্ত রাতজাগা আকাশের।

ফারিসের চলে যাবার সময় মায়া ফারিসকে ডেকে বলে,

"ফারিস... থেমো... একটুখানি থেমে যাও... ভুল করেছি আমি, ভুলের সীমা ছিল না সেটাও জানি। কিন্তু ফারিস, কিছু ভুল এমনও হয়, যার দায় বোঝার জন্য সময় লাগে। আমি জানি সব কিছু চাইলেই ভুলে যাওয়া যায় না, জানি... সব ভুলের ক্ষমা হয় না। কিন্তু তবুও... যদি পারো, চলো না, আবার শুরু করি। গল্পের নতুন কোনো অধ্যায় লিখি আমরা... যেখানে থাকবে না পেছনের ভুল, শুধু থাকবে সামনে এগিয়ে যাওয়ার প্রতিজ্ঞা।"

ফারিস শেষবারের মতো মায়াকে বলে, "আমি আর ফিরতে চাই না এই ভুলে গড়া অধ্যায়ে, যেখানে ভালোবাসার নাম করে আমাকে খণ্ডিত হতে হয়েছে বারবার। আমি যতটা না কষ্টে ছিলাম, তার চেয়েও বেশি অপমানবোধে ডুবে ছিলাম। তুমি বারবার আমাকে এমন জায়গায় নিয়ে গিয়েছো যেখানে আমি নিজের আত্মমর্যাদা খুঁজে পাইনি। যেখানে প্রেমটা ছিল একতরফা, আর আমি ছিলাম কেবলই একজন চরিত্র যাকে গল্পের শেষ দিকে ফেলে রেখে সামনে এগিয়ে যাওয়া যায়।

পুরুষ যখন পতিতার কাছে যায়, সে জেনেই যায় এই দেহ বহু হাতের ছোঁয়ায় ধূসর হয়েছে, হয়েছে বহু নিঃশ্বাসে ক্লান্ত। সে জানে, সে প্রথম নয়, একমাত্রও নয়। তবুও সে যায়, কোনো অভিযোগ ছাড়াই, কোনো অভিমান ছাড়াই। কারণ, সে সেখানে ভালোবাসা খুঁজতে যায় না। সে যায় শরীরের ক্ষণিক উষ্ণতায় নিজেকে মেলে ধরতে, নিঃসঙ্গতা ঢাকতে। আর তাই তো, তাকে আগে বহু পুরুষ ছুঁয়েছে, তা জেনেও সে হিংসায় জ্বলে না। কারণ, ভালোবাসা ছাড়া দেহ কখনো প্রশ্ন তুলে না, আঘাত করে না।

কিন্তু ভালোবাসার মানুষ। সে তো এক সম্পূর্ণ ভিন্ন সত্য যা শরীরের চাইতেও গভীর, স্পর্শের চাইতেও তীব্র।"

মায়া প্রশ্ন করে, "তবে কি সত্যিই তুমি গিয়েছিলে সেখানে? তবে কি সেই অনাধিকার, নিরাসক্ত ধুসর শরীরের শীতল অভিজ্ঞতা তোমার চেনা? কিভাবে এত নিখুঁতভাবে জানলে ভালোবাসাহীন শরীর ছোঁয়ার পরও হৃদয়ে জ্বলে না ঈর্ষার আগুন?"

ফারিস একটা দীর্ঘস্বাস ফেলে উত্তর দেয়, "যদি পতিতার কাছে যাবার রুচি থাকতো, তবে তোমায় নাদিম ছুঁয়েছে জেনে ফিরিয়ে দিতাম না।"

মনে রেখো, কুকুর যেখানে মুখ দেয় ফারিস সেখানে মুখ দেয় না যদি সেটা দুনিয়ায় বেঁচে থাকার শেষ খাবারটুকুও হয়।

চলবে....

www.ingramcontent.com/pod-product-compliance
Lightning Source LLC
LaVergne TN
LVHW060145051026
849517LV00007B/2560
* 9 7 8 9 8 4 3 5 8 6 6 6 7 *